JN324075

覚　悟

小杉健治

集英社文庫

目次

覚悟

第一章　宣　告

1

川原光輝《かわはらみつてる》は祖父為三《ためぞう》のことに思いを馳せた。

祖父が死んだのは六年前の六月だった。台風のように風雨の激しい日だった。会社から帰ったとき、ふとんに横たわっていた祖父はまるで寝ているようだった。

光輝は声をかけた。だが、返事がなかった。驚いて顔を寄せると、すでに息はなかった。いつもは首から提げている古ぼけたお守り袋を右手にしっかり握っていた。小倉北《こくらきた》区古船場《ふるせんば》の自宅で八十四年の生を閉じた。

その日の朝まで元気だった。八十を過ぎても頑健だった祖父は死とは無縁だと思っていたので、亡骸《なきがら》を目の前にしても信じられなかった。

風雨がますます激しくなる中、光輝はただ呆然《ぼうぜん》としていた。二十七歳だった光輝は、そのときから天涯孤独の身になった。

光輝が生まれたのは東京都台東区浅草橋《あさくさばし》で、三歳の頃に小倉の祖父の元に預けられたらしい。

らしいというのは、その記憶がまったくないからだ。母は光輝を祖父に預けてから再び東京に戻ったという。

光輝が小倉に連れて来られたのは、昭和五十六年（一九八一）ということになる。当時祖父は還暦を迎える歳でありながら、小倉建設という土建会社の現場で日傭取り《ひようと》労働者として働いていた。

古船場町の木造モルタルのアパートの一室で光輝は祖父とふたりきりで二十四年間を過ごしたのだ。

明治から大正にかけての古船場町はスラム街で、木賃宿もあり、貧しいひとたちが集っていたところらしい。

香具師《やし》や日傭取りの労働者、羅宇屋《ラオや》や鋳掛屋《いかけや》などが住み、木賃宿には猿回しや薬売り、旅芸人などが泊まったりしていた。

むろん、光輝が知っている古船場はそんな場末の雰囲気とは無縁だ。だが、祖父は荒くれた、すさんだ空気が充満している昔の古船場が気に入っていたようだ。だから、祖父は、この地から離れようとしなかった。

祖父が、この地に愛着を感じている理由はたわいもないことだ。この古船場は『無法《むほう》松《まつ》の一生』の松五郎が住んでいた町なのである。

松五郎は作家岩下俊作《いわしたしゅんさく》の小説『富島松五郎伝』の主人公の名である。祖父は小学校も出ていない無学なひとで、小説など読まなかった。だが、映画と芝居は好きだった。旦過《たんが》市場近くにある映画館に祖父に連れられてよく行ったものだ。そこでは古い映画が上映されていて、光輝も映画『無法松の一生』を観たことがある。

大柄で、筋骨たくましい祖父は、スクリーンに映し出される無法松にそっくりだと思った。

人力車夫の荒くれ者の松五郎と、吉岡大尉の未亡人母子との交流を描いた作品だ。密かな思いを秘めて、母子に献身的に尽くす松五郎の生きざまに祖父はすっかり影響を受けていた。祖父は光輝のことを「坊《ぼ》ん坊《ぼ》ん」と呼んでいた。映画の中で松五郎は未亡人の子をそう呼んでいた。

祖父は大正十年（一九二一）に古船場の木賃宿で生まれたという。

酔うと、祖父はよく昔話をはじめた。光輝は祖父の若い頃の話に聞き入った。いまはすっかり近代化され、新しい町になっていたが、まだ筑豊炭田に活気があった頃の話は、光輝には映画の世界のようで興味深かった。

祖父は若い頃、石炭の町の若松で、「ごんぞう」と呼ばれた石炭荷役をしていたらしい。

筑豊炭田から掘り出された石炭は、川船で遠賀川《おんががわ》を下って河口の芦屋や遠賀川の支流である堀川運河を通って若松に運ばれたのである。

力仕事をしている荷役の連中は気が荒く、口も乱暴だ。祖父も喧嘩《けんか》の絶えない日々を送っていたという。

祖父の肩から背中には登り竜の入れ墨があるが、当時の荒くれ男たちは当たり前のように入れ墨を入れていた。大工や鳶職《とびしよく》、左官屋なども一人前の証《あかし》に入れ墨を入れていたという。

鉄道の発達によって川船の運搬も昭和十三年（一九三八）には終わった。昭和十三年といえば、祖父は十七歳だ。

つまり、祖父が石炭荷役をやっていたのは、十五歳前後から二、三年のことだろう。

その後は、炭鉱で働いたという。

小倉にも炭鉱があって、祖父は坑夫をしていた。落盤事故があって、あわや命を落とすところだったと言っていた。

その炭鉱も、戦後のエネルギー革命で、石炭から石油に変わると、徐々に閉山していった。

祖父は無教養で口が荒く、喧嘩も強かったが、情の厚い人間だったので、祖父に相談を持ちかけてくるひとも多かった。どんな相談にも、祖父は乗ってやっていた。

そんなところも無法松を彷彿させた。映画で見た無法松が祖父に重なり、そのことを言うと、祖父はうれしそうだった。

小さい頃、祖父が酔うと必ず唄うのが、古賀政男が作曲した『無法松の一生』という歌だった。

「小倉生まれで玄海育ち、口も荒いが気も荒い……」

決してうまくはないが、渋い喉で、声量はあった。無法松は美声で、彼の唄う追分《おいわけ》に町の衆は聞きほれたと小説にある。

だが、祖父はそういうわけにはいかなかった。それでも、自分だけは気持ちよさそうに唄う。また、太鼓も自己流だった。

自分では、無法松のように、「勇み駒」とか「乱れ打ち」とか言って、叩いていた。そもそもその呼び名は小説に出て来るだけで、小倉祇園太鼓にはそういう打ち方はなかった。

それでも、太鼓を叩いているとき、祖父は無法松になりきっていた。

光輝も小さい頃に太鼓の打ち方を習ったが、もともと非力なため、まったく様にならなかった。

いったいに、光輝は祖父とはまったく正反対の体つきで、同じ血を引いているとは思えないほど華奢《きやしや》で、弱々しく、泣き虫だった。おそらく、祖母や母のほうの流れを汲んでいるのだろう。

そういえば、『無法松の一生』の「坊ん坊ん」も泣き虫だった。その点は、光輝もいっしょだった。ただ、向うはほんとの坊ちゃんで、光輝は貧しい育ちの、名ばかりの「坊ん坊ん」だ。

色白でやせていて、一見女の子のような光輝は学校でよくいじめられた。教科書や上履きなどを隠されることはしょっちゅうで、そのたびに光輝はめそめそと泣いた。先生が飛んで来て、いたずらをした生徒を注意するが、効き目はない。光輝が泣くのが面白いのだろう、いじめは繰り返された。

あるとき、雨上がりのグラウンドでクラスのいじめっこたちに突き飛ばされ、顔を泥の中に突っ込み、泣きながら家に帰ったことがあった。

ランドセルの中身も飛び出し、泥だらけだった。

仕事から帰った祖父は顔を真っ赤にして怒り、光輝に向かって、

「また、横沢ん餓鬼か」

と、問いつめるようにきいた。そんなときの祖父は赤銅色の顔がさらに赤くなり、まるで赤鬼のようになった。

祖父は光輝を連れ、商店街を突っ切り、横沢亮《りょう》の家に行った。横沢亮がいじめのリーダー格だった。

横沢亮の家は門があって、車寄せもあって、光輝の住む壁の剝がれかかったアパートと比べたら城のように思えた。

祖父は門を開けて玄関前に立ち、鍵がかかっているとわかると、ドアを大きな手でどんどんと叩き、

「こら、餓鬼。出てこい。川原だ」

耳をつんざくような声に、光輝はそばで震えていた。

近所中に聞こえるほどの大声を発しながら、ドアが開くまで烈《はげ》しく叩く。隣家の窓が開いて、住人が顔を覗《のぞ》かせた。祖父の怒鳴り声はまだ続いた。

やっと玄関に灯が点き、ドアが開いた。祖父は三和土《たたき》に踏み込んだ。

そこに横沢亮の父親が憤然と立っていた。

「おまえんところん餓鬼ば出せ。坊ん坊んにひどいことをしばい餓鬼ばここに連れて来い」

「なんですか。こんな夜に押しかけて」

父親はいきり立って、

「近所にも迷惑じゃないか」

と、怒鳴り返した。

「やい、てめえんとこの餓鬼はうちの坊ん坊んば泥んこの中に突き倒したっちゃん。餓

鬼に同じこつうばしてやる。出せ」

祖父はまくしたてた。

「うちの子はなにもしていない」

「この野郎」

いきなり、祖父は相手に殴りかかった。

悲鳴を上げて母親が出て来た。

「やめてください。警察を呼びますよ」

「呼べるもんなら呼んでみやがれ。そげなことをしたら、こん家ばぶち壊してやる」

そう言うや否や、祖父は玄関の壁に体当たりをした。弾みをつけて、もう一度。そのたびに、建物が大きく揺れた。壁にかかった絵や、下駄箱の上の置き時計が落ちた。

「やめてくれ」

父親が悲鳴を上げた。

「餓鬼を出せ」

祖父が怒鳴る。

「じいちゃん。もう、いいよ。帰ろう」

光輝は泣きながら言う。

「いかんやけん。こいつら、こんままじゃ、あとで仕返しばしゅるとよ。徹底的にやっつけなきゃ目の覚めちゃが」

　すると、母親がいきなり玄関の板の間にしゃがみ込んで、

「ごめんなさい。もう、亮に変な真似はさせませんので、お許しください」

と、板の間に額をつけて泣きそうな声で訴えた。

　さすがに母親に泣きつかれて祖父も思い止まったようだった。

「よし。餓鬼によく言っておけ。今度、坊ん坊んば変な真似をしたら、また来るからな。もし、そのときもおまえたちが餓鬼ばかばったりしたら、こん家ば壊してやる」

　威《おど》し文句を並べ、祖父は横沢亮の家を出た。

　それから、ふたり目の子の家に行き、出て来た子に、食いつきそうな顔で、

「今度やったら、腕一本へし折ってやる」

と、怒鳴りつけた。

　その家の両親はただすくんでいるだけだった。

　最後の家の父親は体が大きく、柔道をやっていて、祖父に簡単に屈しなかった。だが、荷役で鍛えた体に柔道の技は通用しなかった。

　相手が失神したとき、警察がやって来た。

　祖父は小倉警察署に連行され、留置場でひと晩過ごすはめになった。警察の人間は、祖父の顔を見て、またあんたか、と苦い顔をした。若い頃から、祖父は何かと警察とは

関わりがあった。地元のやくざも祖父には一目置いていたほどだった。

後日、祖父が暴れたことが学校で問題になり、教師と生徒の父母との話し合いがもたれた。祖父はその席に乗り込み、

「あんたたちは、いじめたほうが正しいと言うのか。いじめた人間はそいなりん制裁ば食らうのは当然だ。違うか。それとも、ありゃいじめじゃなかっちば言うのか」

と演説をぶった。

その剣幕に、誰も言い返す者はなかったという。

学校の行事には必ず祖父がやって来た。授業参観日には若い母親たちに混じって教室の後ろに陣取った。

横沢亮たちは、祖父に睨《にら》まれ、震えていた。しかし同時に、光輝も小さくなっていたものだった。

いじめはなくなった。川原には手を出すな、恐ろしい鬼がいると噂《うわさ》になり、いじめっこも近づかなくなった。だが、仲のよかった子までが遠ざかっていった。

だから、光輝は寂しい小学校生活を送った。

足音が扉の前で止まった。光輝は現実に引き戻された。

ドアが開き、係官が顔を出した。ここは東京地裁の地下にある東京拘置所仮監である。

「時間だ」

係官が出るよう促した。

光輝は再び手錠をはめられた。

係官に連れられ、光輝は法廷に戻った。まだ祖父のことが脳裏に残っていた。

祖父は、光輝を強くたくましい人間にしようとした。線の細い光輝がはがゆくてならなかったようだ。

俺が生きている間は、俺が守ってやる。だが、俺が死んだあとは、自分ひとりの力で生きていかねばならないんだ。それが、祖父の口癖だった。

日曜日には、古船場公園で相撲をとった。

祖父は一八〇センチ近くあり、体重も一〇〇キロを超えていた。小柄な光輝が思い切ってぶつかっても祖父の体はびくともしなかった。

そんな祖父も晩年は痩せて、一回り小さくなっていた。それでも、人並み以上の体格で、力も人一倍強かった。

そんな祖父も、いまはもういない。最期まで、自分のすべてが光輝だけのための人生だった。

正面の一段高い壇上に、裁判官と裁判員が並んでいる。明るい法廷内にいながら、光輝の脳裏には祖父と暮らした小倉の町の風景が広がっていた。

「それでは、被告人は前へ」

遠くで声が聞こえた。自分に向けられたという意識はなかった。

背後にいる鶴見京介《つるみきようすけ》弁護士が耳元で囁《ささや》いた。

「陳述台へ」

はっと気づいて、光輝は立ち上がった。

心は相変わらず小倉を彷徨《さまよ》っていた。ただ、体だけは、言われるままに陳述台に向かった。

陳述台の前に立って、横一列に並んだ裁判官や裁判員の顔を見た瞬間、ようやく自分の置かれている状況を思い出した。

これから、殺人事件の判決が下されるのだ。それも、ふたりを殺したとされている。派遣先の職場でいっしょに働いていた西名《にしな》はるかと、その上司である課長の田丸祐介《たまるゆうすけ》のふたりである。

はるかとは何度か食事をいっしょにしたことはある。また一度だけ、彼女のマンションの部屋に上がったことがある。が、それは別の理由があってのことであり、検察官が言うように、彼女に逆上《のぼ》せあがっていたわけではない。それに、彼女が田丸課長と親しくしていたことは、事件があってはじめて知ったのである。

それなのに、ふたりを殺した犯人にされたのだ。世の中は、ちょっとしたはずみや、誤解、あるいはほんの些細《ささい》な悪意がとんでもない結果を引き起こすものだということを思い知らされた。

どんな判決が下されるのか。裁判員の顔を見て、自分の運命がわかった。中年女性裁判員の哀れむような表情、初老男性の不機嫌そうな顔、若い女性の裁判員はいまにも泣きだしそうだった。

「それでは、『被告人川原光輝に関わる殺人被告事件』の判決を言い渡します」

裁判長が極めて事務的な声で切り出した。

次の言葉が出るまで、一瞬の間があった。傍聴席は半分ほど埋まっているが、ほとんど被害者の関係者だった。

「判決理由を読み上げます。長くなりますので、被告人は着席して聞いてください」

主文が後回しになった。主文からはじまらなかったことが何を意味するかを、光輝はわかっていた。なぜだという気持ちと、どこかほっとするような気持ちとがないまぜになった複雑な思いで、光輝は言われたとおりに着席した。

「被告人川原光輝は昭和五十三年、東京都台東区浅草橋で川原初枝の長男として生まれ、三歳からは祖父為三とふたりで北九州市小倉で……」

最初は経歴を読み上げている。これは検察官の冒頭陳述でも述べられたことの繰り返しだ。

高校を卒業したあと、光輝は自分の生まれた土地である東京に出たいと思った。東京の大学への進学を考えたのは東京に憧れのようなものもあったからだ。

しかし、小倉に残り、地元の会社に就職した。

高校卒業時、祖父は七十五歳になっていた。祖父は、ひとりでだいじょうぶだと言ったが、ひとり残していくことは出来なかった。それに、大学へ進学するには金銭的な問題も大きかった。

七十を過ぎてから、祖父は紺屋町の繁華街にある立体駐車場の管理人をしていた。人一倍の体力を誇る祖父であっても、力仕事は無理だった。それで管理人の職を見つけたのだが、祖父には合わないようだった。いつ辞めたいと言い出すかわからない。光輝はそんな祖父をひとりに出来なかった。

祖父はひとりで光輝を育てて来たのだ。そのことに恩も感じていたが、それより、祖父と離れて暮らすのは、光輝にも耐えがたかった。結局、光輝が東京に出たのは、祖父が亡くなったあとだった。

「……被告人は大田区蒲田にある東丸電工の半導体工場に平成十九年より派遣社員として働きだし、パソコンを使っての資料作り等の作業に携わっていた。その後、平成二十一年五月ごろより、同じ職場の西名はるかと交際をはじめるようになり、やがて、被告人は西名はるかとの結婚を望むようになったが、去年の九月ごろより、西名はるかの態度に変化が生じた。被告人に対して冷たくなり、被告人の誘いを断ることが多くなった。西名はるかの変化に猜疑心《さいぎしん》を持った被告人は、品川区南大井にある西名はるかのマンションの前で帰りを待ち伏せたところ、上司である課長の田丸祐介といっしょにタクシーで帰って来て、ふたりが西名はるかの部屋に消えていったのを見て衝撃を受けた。

嫉妬に駆られた被告人が西名はるかをなじったところ、別れ話を持ち出された。これも、課長の田丸祐介がはるかを奪ったためだと思うようになり、ふたりに対して殺意を抱くようになったのである。

平成二十三年（二〇一一）二月十八日の夜、被告人はふたりを殺そうとして包丁を持ち、品川区南大井六丁目のエルマンション前で西名はるかの帰りを待ち伏せ、午後十一時頃、タクシーからおりてマンションの玄関に向かうふたりに襲いかかり、まず、田丸祐介の腹部と心臓部を刺し、さらに恐怖から立ちすくんでいる西名はるかの喉を切り、ふたりとも失血死にて殺害せしめたものである」

光輝は裁判長の声を聞き流した。

真実とは何か。そんなものは誰もわかりはしないのだ。裁判所で出した結論が真実として扱われるだけだ。そういうものなのだと、光輝は自分に言い聞かせた。

それから裁判長は、検察官の主張と弁護人の主張に対する考察を述べ、量刑理由について触れた。

「被告人のために情状酌量すべき点を考えたが、その動機の短慮さや犯行の残虐さ、さらには犯行後も一切否認を続け、反省の態度も見えない点などから……」

これは、人間の常識を越えた、ある大きな意志が働いているとしか思えなかった。その意志に逆らうことは出来ないのだ。

それまで、くぐもってはっきり聞こえなかった裁判長の声が、最後にははっきりと聞こえた。

「被告人を死刑に処する」

一瞬、目眩《めまい》を覚えたように、眼前が暗くなった。

（じいちゃん……）

光輝は覚えず呟《つぶや》いた。

だが、やがて落ち着きを取り戻した。これは天命なのだ。

女性の裁判員が光輝を直視出来ないというように目を伏せた。なぜ、そんな目をするのかと、光輝は他の裁判員の顔を見た。

誰もが、目をそらした。死刑になる身に同情を寄せているのか。それとも、死刑を宣告したことに後ろめたい気持ちを持っているのか。

西名はるかが周囲に漏らした言葉がこれほど重たく裁判員に受けとめられたことは意外だった。しかし、真実を見誤った裁判員たちを責めようとは思わない。

深呼吸をし、光輝は裁判員に向かって深々と頭を下げた。

2

弁護人の鶴見京介は死刑判決に動揺を隠せなかった。あまりにも意外であり、息が詰まりそうになってあわてて喉に手をやった。

信じられない。裁判員は必ずわかってくれると思っていた。なぜ、真実を見てくれないのだと叫びたかった。

被害者の西名はるかは二十六歳、奔放な女だった。長く形のよい脚に豊かな胸元。その美しい肢体以上に、外国人のように彫りが深く、陰影を含んだ顔だちが魅力的だった。ブルーがかった大きな瞳でじっと見つめられると、どんな男もたちまち虜《とりこ》になってしまうだろう。周囲の者はそう言っていた。

男に甘え上手で、男の気を引くことをゲームのように楽しんでいるという感じだった。男が自分に夢中になった時点で、その男に興味を失ってしまう。紙屑のように何のためらいもなく捨ててしまう。そんな冷酷な面も持ち合わせていた。

自分になびかない男がいることは、彼女の自尊心が許さなかった。常に男たちにかしずかれなければ承知しないのだ。

そのことを理解していないと、この事件の真相はわからない。

川原光輝がはるかに向けた感情は、他の男たちと違った。同じ郷里の人間に対する思いであり、また川原がひそかに好意を寄せていた女性の親友だからということに過ぎない。決して彼女のことを女として見ていたわけではない。

このことも、裁判員たちは見誤っていた。

それは、生前の彼女の言葉があるからだ。

裁判官も裁判員もはるかを魔性の女とは見なかった。何人もの男を誘惑しては紙屑のように捨てる女だとは、最後まで認めなかった。

公判で、同時期に複数の男とつきあっていたことを訴え、彼女の奔放な人間性を浮き彫りにしようとしたが、あまり過激な攻撃はできなかった。

被害者の人格を貶《おとし》める卑怯なやり方でなりふり構わず被告人の弁護をしている。そう、裁判員に受け取られかねなかったからだ。

これが、非人間的な部分を誰もが認めている被害者であれば、弁護に苦労はなかったが、西名はるかは人受けがよかった。美人でありながら偉ぶらず、明るく、仕事も出来、誰にでも分け隔てなく接する。だが、男女間のことだけは別だった。

この人間性をわかってもらえなければ、真実が見えて来ない。光輝がはるかを誘惑したのではなく、逆だということは、裁判員の理解の域を越えていたのだ。豊満な肉体の持ち主の美女に言い寄られて、それを跳ね返せる男などいない。男性の裁判員はそう考えたかもしれない。

しかし、川原ははるかに対して同県人という以上の感情を抱いていなかったのは間違いない。川原は小倉で、はるかは博多出身だった。川原が惹かれていたのは、いつもはるかといっしょにいる室岡《むろおか》ともみだった。

はるかもまた、決して光輝に愛情を抱いていたわけではない。ただ、自分の色香に迷わぬ男がいることに我慢ならなかったのだ。

はるかは、川原を自分のマンションの部屋に誘ったことがある。室岡ともみも来るということだった。川原ははるかのマンションを訪れた。だが、室岡ともみが来るというのは嘘《うそ》だった。

はるかは川原を誘惑しようとしたのだ。だが、川原はその誘惑を撥《は》ねつけている。

はるかは、光輝の心を摑《つか》めなかったことで、プライドを傷つけられたのだ。このことを室岡ともみに知られるのを恐れたはるかは、機先を制して室岡ともみにこう話した。

「川原さんがしつこく迫って来るので困っている」

その室岡ともみが検察側証人として証言台に立ったのは、裁判がはじまって二日目の午後だった。

室岡ともみは整った顔だちだが、地味な感じの女性で、西名はるかとは好対照だった。

「あなたは、被害者の西名はるかさんとは親しくしていたのですか」

検察官が威厳に満ちた声できいた。

「はい。親しくしていました」

「被害者のマンションに遊びに行ったことはありますか」

「はい。何度もあります」

「あなたは、被害者が被告人と交際をしていたことを知っていましたか」

「はい。彼女のマンションに遊びに行ったとき、この前、川原さんがここに来たと話していました」

「その後、被告人と別れたという話は聞きましたか」

「聞きました」

「なんで別れたのか、聞きましたか」

「退屈だからと言っていました」

「退屈？」

「そうです。陰気で、おもしろくないって」

「別れたあと、被告人の話を聞いたことがありますか」

「はい」

「どういうことを話していましたか」

「川原さんがしつこく迫って来るので困っていると言っていました。ほんとうに疲れた顔で」

「被害者ははっきりと、そう言ったのですね」

検察官は裁判員の注意を喚起するように声の調子を高めて言った。

「そうです。彼女はほんとうに困っていました。川原さんはマンションまで押しかけて来たそうです」

室岡ともみはよどみなく答えた。

「被害者の被告人に対する気持ちはどうだったのですか」

「遊びだと言ってました。同じ福岡県の出身なので、ちょっとつきあったら、すっかり逆上《のぼ》せあがってしまったと困惑していました」

「あなたは、ほんとうに、そういう言葉を聞いたのですか」

検察官がわざわざ念を押したのは、京介の反対尋問の内容を予想してのことだ。

「はい。はるかははっきり言っていました」

被害者の言葉を間近に聞いていたともみの証言は、裁判員に重く受けとめられたようだ。

それに対して、京介は反対尋問で、はるかの性格を問題にした。

「被害者は男性から好かれましたか」

「はい。美人でスタイルもいいので、男性陣の憧れの的だったと思います」

「被害者は、どんな男でも簡単に落せると自慢をしていたのではありませんか」

「はい。そういう自信を持っていたようでした」

「あなたから見ても、男なら誰でも被害者に夢中になったと思いますか」

「彼女がその気になって誘えば、誰でもそうなるんじゃないでしょうか」

室岡ともみはちょっとうらやましげに答えた。

「被害者に夢中にならなかった男はいませんでしたか」

「さあ、わかりません」

「人間には好みがあります。どんな美人だろうが、自分の好みに合わないことだってあるんじゃありませんか」

京介は懸命に問いかけた。

「それはあるかもしれませんが……」

「いくら美人でも、性格的に合わなければ、つきあいは長続きしないんじゃないですか」

「はい。でも、彼女は見かけは派手でも、とても家庭的な女性でした。男性に尽くすタイプですから一度おつきあいした男性は彼女から離れられなくなるんじゃないでしょうか」

室岡ともみははるかのことを称賛した。

親しい間柄だったのなら、はるかの人間性はわかっているはずだ。恋愛をゲームとして楽しんでいるようなところがあるという証言を彼女から引き出したかった。だが、彼女ははるかをよく言うだけだった。死んだ人間を悪く言いたくないという心理が働いているのか。それほど、仲がよかったということだろうか。

「被害者が、被告人とのつきあいを解消したのは、新たに田丸祐介氏と仲よくなったからですか」

「いえ。同じ福岡県の出身なので、ちょっとつきあったら、向うが勘違いしてしまったと言ってました」

検察官に答えたのと同じことを、彼女は言った。

「被害者は、そんな遊びのつもりで男性とつきあったりするのですか」

「言い寄られて、仕方なしにつきあったんだと思います」

「あなたは、被告人をどう思っていましたか」

京介がきくと、室岡ともみは不思議そうな顔をした。

「どうって……」

「被告人は、あなたに好意を抱いていたそうです。そのことに気づいておられましたか」

「そんなこと、聞いたことはありません」

室岡ともみは当惑したような顔をした。

「被告人はあなたに好意を持っていたのです。被害者のマンションに行ったのも、あなたもいっしょだからと言われ……」

「異議あり」

検察官の声が飛んだ。

「弁護人は本審理と無関係なことを言い、証人の同情を買い、さらには証人の動揺を誘い、証言を有利に導こうとしています」

「そうではありません。このことが、被害者の心理を推し量るうえで重要なことであり、被告人が誤認逮捕された原因もまさにそこにあるからです。そのことを明らかにしない限り、事件の真相は見えて来ないのです」

裁判長は左右の裁判官に何か囁いてから、

「異議を認めます。弁護人は本審理と関係ないことで証人に心の負担を押しつけることのないように」

抗議しようとしたが、京介は諦めた。

「わかりました」

無念そうに言い、質問を変えた。

「あなたは、西名はるかさんが田丸祐介氏と深い間柄だったことを知っていたのですか」

「うすうす気づいていました」

「いつごろ、気づいたのですか」

「去年の秋ごろだったと思います」

「そのころから、ふたりは親しく交際しだしたということですね」

「そうだと思います」

「田丸氏には奥さんもお子さんもいらっしゃるのでしょう?」

「はい」

「そういう関係になったことで、あなたは被害者に忠告したことはあるのですか」

「いえ、ありません」

「なぜですか」

「相談を受けたら、やめるように言ったでしょうが、彼女から何も聞いていませんから」

「彼女は、恋愛相手のことを、あなたに話したりしないのですか」

「はい」

「田丸氏とつきあう前には、彼女は誰とつきあっていたのですか」

「川原さんです」

「それは、あなたが、そう気づいたのですか」

「いえ。彼女から聞きました」

「彼女は恋愛の相手のことはあなたにも話さないのに、どうして被告人のことだけはあなたに話したのですか」

「わかりません。ただ」

「ただ、なんですか」

「田丸課長の場合には奥さんがいるから話さなかっただけで、川原さんは独身だったから話してもいいと思ったのかもしれません」

「なるほど」

京介は頷《うなず》いてから、

「被害者の西名はるかさんには、田丸祐介氏以外につきあっている男性がいたのでしょうか」

「いないと思います」

室岡ともみは自信なさそうに答えた。

「どうして、そう思うのですか」

「彼女から聞いていません」

「田丸氏のことは、妻子がいるから、あなたに言わなかったということでしたね」

「ええ……。そう思っただけですけど」

「すると、他にも妻子持ちの男性とつきあっていた可能性も否定出来ないわけですね」

異議を申し立てるかと思ったが、検察官は何も言わなかった。

「わかりませんが、いないと思います」

声は弱々しかった。

「被告人のことは、あなたに話したのですね」

「はい」

「最初、なんと言っていたのですか」

「同じ福岡県の出身なので、つきあってあげたと言ってました」

「その後、別れたと言っていたのですか」

「はい」

「被告人がしつこく迫って来るので困っていると言っていたそうですが、それは被害者のほうからあなたに打ち明けたのですか。それとも、あなたのほうから、その後、川原さんとはどうなのときいて、被害者が答えたのですか」

「私がきいたのだと思います」

「あなたがきいたから、被害者は川原さんがしつこく迫って来るので困っていると言ったということですね」

京介は念を押した。

「そうです」

「ほんとうは、別な男性からしつこく迫られていたのを、被害者は被告人に迫られていると言ったのではありませんか」

「そうではありません」

西名はるかは嘘がうまかったようだ。いかに嘘つきかを証明しようとしたのだが、これは極めて誤解を招きやすいことだった。だから、京介の質問も慎重にならざるを得なかった。

「さきほども言いましたが、被告人はあなたに好意を持っていたそうです。そのことに気づいた被害者は、被告人の気持ちを自分に向けてみせようと思った。それで、被告人に近づいたが、被告人は被害者になびかなかった。だが、プライドがあるので、あなたにそのことを言えなかった。だから、別の男性にしつこく迫られていたのを、被告人のせいにした。そうではありませんか」

「違うと思います」

「被害者は、あなたに嘘をついたのではありませんか」

「彼女が私に嘘をつく必要はありません」

室岡ともみは震える声で否定した。

検察官がいまにも、異議を申し立てようとしていた。


室岡ともみへの反対尋問は失敗だったと、反省している。はるかの人間性を訴えきれなかったのは、京介の力不足だった。

いまから思えば、京介は甘かったと言える。被害者を貶めていると思われることを、出来るだけ避けようとした。弁護を有利に持っていくために被害者の人間性を否定した。そういう印象を裁判官や裁判員にもたれたら、逆効果になる。そのことを恐れて、どこか追及が及び腰になったことは否めない。

京介はちんまりとした青白い顔で、やや長髪で、見かけは大学生のようだ。頼りないと思われるのではないか。同じことを言っても、風格のある弁護士と京介とではどちらに説得力があるかと気になった。

京介が、いくら被害者の性癖を訴えても、裁判員の心に届かなかったのかもしれない。そうだとすると、被告人の川原光輝にとっては不運だったということになる。

それでも、出来る限りのことはやったつもりだ。

室岡ともみへの尋問の最後で、京介はこうきいた。

「西名はるかさんは、十代の頃に雑誌のモデルをしていたということを聞いたことはありますか」

「はい。職場でも有名でした」

「あなたは、実際に掲載された雑誌を見たことがありますか」

「いえ」

「なんという雑誌か覚えていますか」

「いえ、もう廃刊になっていると聞きました」

「弁護人が調べたところによると、西名さんが雑誌のモデルをしていたという形跡はないのです。西名さんは、見栄を張って……」

「異議あり。弁護人は被害者を不当に貶めようとしております」

それ以降、西名はるかの性癖に触れると、被害者を不当に貶めようとしていると、検察官は異議を挟んだ。

この検察官の攻撃も痛かった。

川原ははるかを恋愛の対象として見ていなかったのだ。彼女ほどの美人が自分に思いを寄せるはずがないと考えるだけの冷静さを持っていた。だから、川原が嫉妬心から犯行に及ぶということはありえないことだった。

だが、川原にとって不運だったのは、はるかが虚栄心から、川原にまとわりつかれて迷惑していると、室岡ともみや同僚の何人かに嘘を話していたことだ。

「被告人は、この判決に不服があるのなら、この日より十四日以内に高等裁判所に控訴をすることが出来ます……」

川原はじっと、裁判長の声を聞いていた。

京介はさっそく控訴の手続きをとるつもりだった。

裁判員裁判は一審だけであり、控訴審ではプロの裁判官だけで審理が行われる。

「では、これで終わります」

裁判長が言い、立ち上がった。


川原はいったん、地下の東京拘置所仮監に連れて行かれた。

死刑判決を聞いて、さぞかし動揺しているだろうと思ったが、川原は案外と落ち着いていた。

少し訝《いぶか》しく思いながら、

「まったくの不当判決です。すぐに、控訴の手続きをとりましょう」

と、京介は息巻いて言った。

だが、川原は静かに首を横に振った。

「先生、もういいです」

川原がぽつりと言った。

「いいですって、どういうことなんですか」

「天命です」

京介は耳を疑った。

「天命？　何を言うのですか。あなたは無実なんですよ。自分がやってもいない罪で裁かれようとしている。それも死刑だ。そんな理不尽な目に遭ってなんとも感じないのですか。それを天命だなんて」

「先生には申し訳ないと思っています」

川原は頭を下げた。

京介は、自分と歳の変わらぬ被告人を呆然として見つめた。


京介が当番弁護士として殺人容疑の川原光輝にはじめて接したのは、今年の二月末だった。大井中央署の接見室で、逮捕二日目のことだった。

男女ふたりを刃物で刺して殺したという容疑で捕まったのだが、川原は淡々とした態度だった。それは、すぐに自分が無実なのはわかるという自信から来るのだと思った。

当番弁護士としてまず、逮捕されたあとの手続きの流れを説明しようとすると、川原はこう言った。

「だいたいのことは知っています」

その言い方には力みがなく、自然に口をついて出たという感じだった。

なぜ、知っているのか。本か何かで得た知識であろうと思い、しいてそのわけは訊ねず、念のためだからと刑事事件の流れを大まかに説明した。

警察は逮捕してから、取調べをして四十八時間以内に地検に送検する。地検は二十四時間以内に簡単な取調べをしたうえで、勾留の必要があれば、勾留請求をし、十日間まで勾留出来る。さらに十日間の延長が認められている。

そういうことを、彼は知っていた。また、黙秘権があることも、供述調書に書かれたことはどんなことでも裁判で重要な証拠になるということもわかっていた。

事件が起きたのは二月十八日金曜日の夜十一時過ぎ、エルマンションの玄関前である。現場はちょうどJR大森駅と京浜急行大森海岸駅との中間にあり、警察は両駅周辺に聞き込みをかけ、返り血を浴びた不審者の目撃情報を求めた。だが、手掛かりは得られなかった。

京急に並行して第一京浜（国道15号）が走っており、車での移動も考えられた。犯人は車で現場まで来て、犯行後、再び車で逃走した。そのほうが、返り血を浴びた衣服を気にせず、逃走出来る。その線での捜索をしたが、やはり手掛かりは得られなかった。

ところが、大森海岸駅から南に一〇〇メートルほど行った第一京浜沿いにある磐井《いわい》神社の境内の植え込みから手拭いにくるまれた包丁が見つかった。水で洗ったあとがあったが、わずかに検出された血痕が被害者のものと判明し、犯行に使われた凶器だとわかった。

返り血の付着した衣服は発見出来なかった。別な場所に捨てたのであろう。

だが、警察は早い段階で、川原光輝に目をつけていた。西名はるかに執拗につきまとっていたという証言を得たからだった。

もっとも注目すべきは、川原光輝の住まいが大森本町二丁目にあったことである。京急の平和島駅の近くである。磐井神社から一キロ足らずだ。

現場のマンションからも二キロほど。犯行後、犯人は凶器の包丁を持って深夜の道を磐井神社まで行き、そこのトイレで手を洗い、包丁を植え込みに捨て、さらに第一京浜を南下し、自宅アパートに戻った。

警察はそう判断したのだ。

凶器の包丁から川原光輝の指紋は検出されなかった。血のついた着衣も見つかっていない。

しかし、独身の川原にはアリバイがなかった。事件の起きた時刻、川原はアパートの部屋にいたと主張した。しかし、それを証明するものはなかった。

ただ、三十七、八歳と思える男が川原の部屋から出て来たのを見たと、同じ階の住人が話した。

もし、その時刻に来訪者がいたら、その人物が川原の無実を証明出来る。だが、川原が逮捕されたあとも、その人物は名乗り出なかった。また、川原自身も否定したし、川原の周辺にそういうつきあいのある男がいることは確認されなかった。

そして、その住人が記憶違いをしていたのだろうということになった。

警察の取調べにも検事の取調べにも、川原は一貫して犯行を否認した。そして、否認をしたまま裁判になったのだ。


判決の翌日、六月二十一日の午後、京介は東京拘置所に川原を訪ねた。

接見室で待っていると、刑務官に伴われ、川原光輝がやって来た。川原は、はじめて大井中央署で会ったときに比べ、だいぶ痩せたようだった。日光に当たる時間も少ないからだろう、顔も青白い。

「先生。私の考えは変わりません」

こっちから問いかける前に、川原が切り出した。控訴の件だ。京介はすぐに言葉を発せず、じっと相手の顔を見つめた。

「今まで、いろいろありがとうございました」

川原が頭を下げた。

京介は我に返り、

「どうしてですか。あなたは無実なんですよ。無実なのに、死刑判決を受け入れるのですか」

と、抗議するように言った。

川原の気持ちが理解出来ない。いったい、どんな心境の変化があったというのか。拘置所の狭い部屋の壁と向き合い、川原は何を考えたのか。

無実だと主張しているが、ほんとうはやっているのではないか。そう、京介が疑っていたのならともかく、京介は川原の無実を確信している。

不幸な偶然が重なっただけだ。その中で、もっとも大きな要素が、西名はるかの嘘であろう。

はるかは田園調布に住んでいた社長令嬢だと周囲に話していたが、実際は、父親は下町の中小企業に勤めていた。雑誌のモデルをしていたという話も嘘だ。

だが、裁判長は判決理由の中で、その種の虚栄心は若い女性にありがちなことである、と軽く述べているに過ぎない。

とんでもないことだ。虚栄心だけでなく、彼女には虚言癖があった。彼女は川原につきまとわれて困っていると周囲の人間に言っていた。事実、彼女のマンション前に待ち伏せていた男が、住民に目撃されていた。

西名はるかは、その男を川原だと漏らしていたのだ。だが、彼はそんな真似はしていない。

つまり、別の男が彼女につきまとっていたのに、彼女はそれを川原だと話していた。警察捜査の過《あやま》ちはそこから出発しているのだ。

はるかといっしょに殺された田丸祐介ははるかの上司である。彼は、派遣社員として同じ職場で働いている川原にも仕事の指示を与えたりしている。

職場の同僚の話では、田丸課長と川原との間に何らかのわだかまりがあるようには見えなかったということだ。

もし、川原がはるかに執拗に言い寄っていたのなら、はるかはそのことを田丸に告げたのではないか。だとすれば、田丸は課長権限で、川原の派遣契約を切ることも出来たはずだ。だが、そこまでしていない。

田丸祐介の妻女に会って話を聞いた。最初の頃は追い返されたが、ようやく応じてくれた。それによると、夫の変化に気づいたのは去年の十月頃だと言った。帰りが遅くなり、朝帰りすることも多くなった。

得意先の接待だとか部長のつきあいだとか、その都度言い訳をしていたが、女が出来たのだと直感したという。ただ、証拠がないので、追及するまでには至らなかった。こんなことになるのなら、夫を問いつめて、女と別れさせておけばよかったと、妻女は悲嘆した。

西名はるかには、田丸祐介と交際する以前につきあっていた男がいたのだ。むろん、川原ではない。

その男こそ、今回の事件の真犯人なのだ。

「川原さん。諦めてはいけません。控訴審で、もう一度……」

京介は訴えた。

「先生。もういいんです」

川原は京介の言葉を遮った。

川原は真実を訴えてもわかってもらえないことに絶望し、自暴自棄になっているのかとも思った。だが、そうではなかった。彼は冷静だった。彼の目の色や動きにも怪しむべきところはなかった。

「先生。私は控訴しません。先生にはいろいろやっていただきましたが、これ以上、運命に逆らうことは出来ません」

川原光輝ははっきりと言った。

運命に逆らう？　どういうことだ？

京介は言葉を失い、ただ川原の青ざめた顔を見つめていた。

3

鶴見弁護士と別れ、拘置所の独房に戻った。

裁判がはじまる前までは雑居房にいたが、どういうわけか独房に移された。まさか、死刑判決を受ける男は独房に移すという規則があるわけではないだろう。たまたま、部屋割りの状況から、そうなっただけかもしれない。

いま、光輝は極めて冷静だった。かえって、すっきりしたといっていい。ただ、鶴見弁護士には申し訳ない気持ちでいっぱいである。

思いもかけなかった逮捕から今日まであっという間に過ぎた。外界から隔絶された場所に身を置くようになって、光輝は大好きだった祖父との人生をじっくり振り返ることが出来た。祖父が光輝に託したものが何だったたか。光輝は自分なりに答えを見つけていた。

無法松を気取っていた祖父は祇園祭には張り切った。しかし、祖父の祇園太鼓の桴捌《ばちさば》きは無法松とは雲泥の差があった。

祇園祭は、小倉城を築城した細川忠興《ただおき》が祇園社を小倉城下に創建したさいに、京都の祇園祭を小倉の地に取り入れたものである。

したがって、江戸時代の小倉祇園は、各町内の山車《だし》、踊車、人形引車などが巡行する豪華なものだったが、明治以降、山車に据えつけた太鼓を叩くことが中心になっていった。

祖父と祭に出かけたときのことだ。光輝は小学校六年だったと思う。

祇園太鼓を叩きながら山車がやって来た。

祖父は、無法松よろしく勝手に山車に上がり、桴を奪い取り、太鼓を叩いたことがあった。

「坊ん坊ん、見ておれ」

祖父は諸肌脱いで、桴を打ちつけた。もうすぐ七十歳になろうというのにたくましい体で、登り竜の入れ墨が陽光に映え、青や紅色が鮮やかだった。

「これが、『勇み駒』だ」

祇園太鼓にはそんな名前はついていない。あくまでも、小説に出て来る名前だ。だが、祖父はそんなことに頓着しなかった。

祖父は光輝を喜ばせたくてやったのだ。やがて、町の衆の非難を浴びて、すごすご山車からおりた。

少し照れくさそうにしていた祖父の顔が忘れられない。

中学の入学式に誰から借りたのか、祖父は羽織袴でやって来た。光輝が式場に入場すると、祖父の姿が目に入った。今にも、「坊ん坊ん」と呼びかけるのではないかと気が気ではなく、俯《うつむ》いたまま席についたことを覚えている。

入学式が終わり、いったん教室に入った。担任との顔合わせも終わって、光輝が校門を出たところで、祖父が待っていた。

「光輝。とうとう中学生だな」

光輝と名前を呼ばれたので、驚いて祖父の顔を見た。このとき、祖父はもう七十歳になっていたはずだ。

眉は垂れ、皺《しわ》も増えていた。だが、顔の色つやはよかった。

「中学生になったんだ。もう、坊ん坊んなんて呼ばんよ」

祖父はそう言い、にやりと笑った。

「なあ、光輝」

祖父から名で呼ばれ、光輝は少しおとなになったような気がした。

「おまえのおっかしゃんにそん姿ば見せに行こう」

光輝は、えっときき返した。

祖父が母のことを言い出したのははじめてだったからだ。

祖父はうれしそうな顔をしていた。

気がつくと、独房の小窓から見える狭い空が翳《かげ》った。黒い雲が張り出していた。雨になるのだろうか。

そういえば、雨の中を傘を差して歩いたのはいつだっただろうかと、つまらないことを考えた。

確か、逮捕された日も雨が降っていた。近くのスーパーまで夕飯を買いに行って戻ったら、警察官がアパートの前にいたのだ。

任意だという。無実なことはすぐわかるだろうからと、アパートの部屋に夕飯の買い物と傘を置いて、部屋の鍵を閉めて警察の車両に乗り込んだ。

大井中央署の取調室に連れ込まれた。

取調べに当たったのは開田《かいだ》という警部補だった。四十前後か。頭髪が僅《わず》かに残っているだけで、刑事らしくないにやついた顔の男だった。

「君は小倉の出身ですか」

柔らかい声は女のようにやさしかった。

「旅行をしたことがありますよ。駅前のなんとかいう旅館に泊まったな。今でもあるんでしょうかな」

遠い日を懐かしむように、開田警部補は目を細めた。

「五年前に東京に出て来たんだね」

「はい」

「仕事を見つけるのはたいへんだったんじゃないのか」

「はい。派遣社員しかありませんでした」

派遣会社に提出した履歴書には、もちろん窃盗で服役したことは書かなかった。

小倉の中嶋電機産業というところに勤めていたとき、パソコンを使っての仕事だったので、その方面に職種を求めた。

「ところで、二月十八日の夜はどこにいました？」

じつにさりげなく本題に入って来た。

「会社から七時過ぎに帰って来て、そのあとずっとアパートにいました」

光輝は緊張して答えた。

「そのことを、証明出来るといいんですがねえ」

「ひとりですから……」

光輝はふと不安になった。

「西名はるかさんとはどの程度のおつきあいでしたか」

「派遣先の会社のひとで、同じ職場にいました。同県人だというので、親しく話すようになりました。でも、それだけです」

光輝は最後を強調して言った。

「かなり魅力的な女性だったようですね」

「はい」

「君は、どうだったのかな」

「どうと言いますと？」

「彼女を女性として見ていたかどうか」

「いいえ、私はそんなつもりはありませんでした」

「でも、美人でセクシーな女性だったそうじゃないか」

ちょっと、開田警部補の語調が変わったような気がした。

「ええ。でも、私は自分を弁《わきま》えています。あんな美人が私を好いてくれるはずはないと思っていましたから」

「しかし、君は彼女のマンションに行ったんだろう」

「はい……」

「やっぱり、彼女の魅力に勝てなかったんじゃないのか」

開田警部補の顔つきも別人のようになっていた。

「違います。私は……」

光輝は言いさした。

「私はなんだ？」

「私は別の女性が好きでした」

光輝は思い切って口にした。

「ほう、それは誰だね」

開田警部補の目は冷たく光った。

「同じ職場の室岡ともみさんです。ですから、西名さんのことはなんとも思っていませんでした」

光輝は正直に答えた。

「室岡ともみという女性に自分の気持ちを打ち明けたのかね」

「いえ」

「では、誰かに、自分の気持ちを話したことはあるのか」

「ありません」

「なぜ?」

「そんなに親しい友達はいませんから」

開田警部補の口許に冷笑が浮かんだ。

「なあ、君。そんなしらじらしい嘘はやめよう。もう、何もかもわかっているのだ」

「えっ?」

もう、最初の穏やかな雰囲気は開田警部補にはなかった。

「君が西名はるかに夢中になっていたことはわかっている。彼女は田丸祐介に乗り換えた。そのことで嫉妬に駆られていたのだ」

　このときになって、光輝は警察はほんきで自分を疑っていることに気づいた。

「違います。私は西名さんに夢中になってはいません」

　光輝は訴えた。

「事件の前日も、君は西名はるかのマンションの前で彼女を待ち伏せていた。君を見ていた人間がいるのだ」

　マンションの住民が玄関前をうろついていた男を見ていた。背格好は、光輝に似ていたという。

　また、凶器が発見された磐井神社の近くに光輝が住んでいるアパートがあったことが不運であった。

「違います。私じゃありません」

　光輝は懸命に訴えた。が、開田警部補は冷たい目を向けていた。


　あのときの開田警部補の目を思い出すと、いまでも心臓に氷を押しつけられたような衝撃を受ける。

　まさか、その時点では、西名はるかが室岡ともみに、あんなことを言っていたとは想像もしていなかった。

川原さんにつきまとわれて困っている、と……。

なぜ、西名はるかがそんな嘘をついたのか。やがて、その理由がわかった。西名はるかの見栄だと、鶴見弁護士が言ったのだ。

さらに、光輝がマンションの玄関前をうろついていたと証言した目撃者は、別の人間と見間違えているのだと、鶴見弁護士の調べでわかった。

西名はるかは他にもつきあっている男がいたのだ。その男の名前まで、鶴見弁護士は突きとめた。

だが、西名はるかが室岡ともみに話していたひと言が、まるで致命傷のように光輝の息を止めようとしていた。

はるかが光輝に近づいて来た理由が最初はわからなかった。彼女は見栄えのする顔だちで、スタイルもよく、豊かな胸を誇示するように社内を闊歩《かっぽ》した。

自分とはまったく縁のない、遠い世界の女としか見ていなかった。ある日、エレベーターでいっしょになったとき、彼女から光輝に声をかけてきた。

「川原さんは小倉の出身なんですって」

「ええ、そうです」

光輝にとっては思いがけないことなので、どぎまぎして答えた。

「私、博多なのよ」

そのときの彼女は胸元が大きく開いた花柄のシャツを着ていた。目のやり場に困りながら、

「今度、小倉の話を聞かせて」

という彼女の誘いの言葉を聞いたのだ。

だが、彼女の虜になったわけではない。あくまでも自分とは違う世界の女性だと思っていた。

光輝の心を捉えていたのは室岡ともみであり、彼女以外は眼中になかった。

その後、何度か誘われて食事に行ったが、光輝は心が弾まなかった。はるかに比べたらともみは地味で、色気のない女性かもしれない。だが、光輝はそんなともみのほうが好きだった。

勝手に思っているだけなのだが、ともみに誤解されたら困ると思い、はるかといっしょに酒を呑んでいても落ち着かなかった。

あるとき、はるかにマンションの部屋に誘われた。そのとき、彼女ははっきり言ったのだ。ともみもいっしょだからと。

彼女は勘の鋭い女だった。光輝が自分と仲のよい室岡ともみに好意を持っていることに気づいていたのだ。

だが、彼女の部屋に、ともみは来なかった。ともみが来ないと知って、光輝はマンシ

ヨンを出た。ふたりきりでいたら、はるかの誘惑を撥ねつける自信がなかったからだ。もし誘惑に負けたら、ともみへの思いが断ち切られてしまう。

だが、このとき、はるかは別の男性を捨てていたのだ。このことも、鶴見弁護士の調べでわかったことだった。

目の前に無機質な壁が迫っている。こんなところで毎日を過ごしていると知ったら、祖父は何と言うだろうか。

「坊ん坊んに悪さする奴は、警察だろうがなんだろうが許さねえ」

そうまくしたてる祖父の声が耳元で聞こえた。

4

拘置所をあとにした京介は、うちのめされたように悄然《しょうぜん》として綾瀬駅から千代田線に乗った。

荒川河川敷の風景も目に入って来ない。自分の理解を越えることが起きている。いまの京介の心と同じように空はどんよりしていた。

川原光輝は他人の犯した罪で死刑を宣告された。それなのに、控訴しないと言った。判決から十四日以内に控訴をしなければ、刑が確定するのだ。

それ以降、川原は死刑囚として執行の日まで過ごさねばならない。最近の法務大臣は死刑の執行命令書になかなか判を押さない傾向があるが、刑事訴訟法では、判決確定後六カ月以内に法務大臣が命令し、それから五日以内に死刑が執行されることになっている。

だとすれば、このまま控訴せずに刑が確定すれば、川原は今年中に刑が執行されるということになるのだ。

電車の中で、なぜだ、と京介は何度も呟いた。

彼は死というものを理解しているのか。それも、他人の罪で……。そんなとんでもないことを考えるなんて、どうかしている。

命というものを軽く考えているのではないか。そんな安っぽいものではない。人間には生きる権利があると同時に、生を全うする責任がある。生を放棄することは許されない。京介は、そう思っている。

虎ノ門にある事務所に帰ったが、まだ衝撃から覚めずにいた。

またも、なぜだと呟いたらしい。事務の女性が、えっという顔を京介に向けた。

京介は東京の大学の法学部に入り、弁護士を目指した。そして、大学四年のときに司法試験に合格している。

大学卒業後に二年間の司法研修生の期間を経て、現在は柏田《かしわだ》四郎《しろう》法律事務所で居候《いそうろう》弁護士をしている。

事務所の机に向かったが、なかなか仕事に没頭出来ない。気がつくと、京介の思いは書類から川原のことに移っていた。

なぜ、控訴しようとしないのか。無実を勝ち取ることは難しいと諦めているのだろうか。いや、そういう諦めではない。

一審では、京介に反省すべき点が多々あった。被害者の虚言癖を十分に立証しえなかった。被害者の人格を貶めることになるというためらいもあった。

はるかが川原に近づいたのは、室岡ともみに向いている川原の気持ちを変えさせようとしたためだと訴えたが、裁判では一顧だにされなかった。ともみが川原の気持ちに気づいてさえいたら、また違った結果になったかもしれないが、川原はともみにそこまで積極的に出ていなかった。

おそらく、はるかにとって恋愛はゲーム感覚でしかなかったのだろう。男の心を弄ぶことに快感を得る。そういう性癖の女なのだ。

そのこと以上に、京介が地団駄を踏んだのは真犯人を名指し出来なかったことだ。

じつは、京介には真犯人の目星がついていた。

古山達彦《ふるやまたつひこ》という三十八歳の男だ。古山は東丸電工の得意先である城崎商事の社員で、ときたまはるかの職場にやって来ていた。

古山は長身の渋い顔だちで、東丸電工にやって来ると、女子社員が騒いだという。そのことを、あとで川原が思い出したのだ。

そこで、事務所で契約している調査員の洲本功二《すもとこうじ》に調査を依頼した。洲本の調査はいつもながらの微に入り細を穿《うが》つものだった。

古山達彦は吉祥寺に住まいがあり、学生時代の後輩だった妻との間に十二歳と十歳の子どもがいた。

日曜日には井の頭公園を散歩する家族の姿がよく見られたという。仲のよい幸福そうな家庭だったが、それが崩れはじめたのは一年ほど前からだった。つまり、事件の起こる八カ月ほど前のことだ。

古山は国立大学を出て、三十代でありながら、いずれ部長に昇進するだろうとは衆目の一致するところだったという。

なぜ、そんな絵に描いたような幸福な家庭があっけなく崩壊したのか。西名はるかを持ち出せば、たちまち説明がつくのだ。

古山ははるかと不倫をしていたのだ。東丸電工の社員の間で、はるかと古山達彦の関係に気づいたものはほとんどいなかった。

だが、古山の学生時代からの友人は、彼の不倫に気づいていた。だが、相手が誰かは知らなかった。

計算すると、ふたりには二年半ぐらいの交際期間があったようである。二年が過ぎたとき、古山は妻に別れ話を持ち出したのだ。

これは近所のひとの証言である。その頃から、夫婦の言い争っている声が聞こえて来るようになったという。

はるかと出会い、古山は人生を過《あやま》ったのだ。おそらく、最初の二年間は不倫であるがゆえに、お互いがより燃え上がっただろうことは想像出来る。

ふたりは似合いのカップルだったかもしれない。だが、激しい恋も、長続きはしなかった。問題ははるかのほうにある。

はるか無しの人生は考えられなくなった古山は、ついに妻に離婚を切り出す。いっしょになろうと言い出したのは古山のほうか、はるかのほうが奥さんと別れてと迫ったのか。そのときから、明るい家庭は暗転し、いさかいの絶えない暮しになっていった。

別れる別れないの応酬が半年近く続き、ついに妻は別れることを承諾したのだ。このことは、京介も古山の妻に会い、確認している。ただ、妻は夫の不倫相手の名前までは知らなかった。

妻を裏切り、ふたりの子どもを犠牲にし、古山は自分の好きな道を選んだ。だが、古山の行く手には想像し得なかった落とし穴が待ち構えていたのだ。

はるかは完全に自分のものになったと思った瞬間から、そのものに対する執着が急に薄らいでいく。そういう性癖の持ち主なのだ。

古山が妻との離婚騒動の渦中にあった頃から、はるかは自分の上司である田丸祐介とつきあいだしていた。また、川原にもちょっかいをかけていたが、こちらはあくまでもゲームだった。

古山は長身で細面だ。川原は古山をひとまわり小さくしたような体つきで、顔だちは似ていないが、やはり細面である。

はるかのマンションの前をうろついていた男を目撃した住人が、川原に似ていると思ったことは無理からぬところがある。

刑事はどのように聞き込みをしたのであろうか。川原の写真を見せ、こういう人間を見たことはないか、そうきいたのではないか。そう聞かれれば、あのとき見た男に似ていると答えたであろう。

そして、いつしか川原がマンションの前で待ち伏せしていたことになってしまったのだ。警察がはじめから先入観をもって捜査に当たった弊害である。

古山の妻がほんとうに不倫相手の名を聞いていなかったのか、どうかはわからない。聞いていたが、夫をかばうため、いや、子どもたちの名誉を守るために、嘘をついているかもしれない。

たとえ、離婚協議に入っていても、まだ戸籍上は夫婦のときに事件は起こったのだ。

古山達彦こそ西名はるかと田丸祐介を殺した犯人だと、京介は思っている。だが、物的証拠はなかった。

もし、警察が最初から古山達彦に疑惑を向けていたら、犯行の証拠を見いだすことも可能だったのではないか。しかし、警察は最初から川原光輝を犯人だと決めつけていたのだ。

裁判になって、京介は難しい局面に立たされた。被告人の無実を証明するにはふたつのポイントがあった。

ひとつは、はるかの見栄と虚言癖だ。そして、もうひとつは、古山達彦への疑惑だ。しかし、この両者とも不用意には持ち出せなかった。相手の人権を侵すことになるからだ。

ことに問題となるのは、弁護人が被告人の弁護のためとはいえ、第三者を糾弾していいのか、古山を犯人呼ばわりしていいのか、ということだ。

人権蹂躙《じゅうりん》と非難される可能性が大きい。そして、京介にとって、つまり被告人にとって致命的なことは、すでに古山が死を選んでいることだった。

事件が起きたのが二月十八日。その三日後、古山は新宿にある古いビルの屋上から飛び降りて亡くなったのである。

妻と離婚することになったものの、古山ははるかに裏切られたのである。嫉妬からの怒りと絶望ではるかと田丸を殺し、自ら死を選んだのではないか。

古山の自殺と事件を結びつける者は誰ひとりとしていなかった。

だが、古山の妻ははるかの名を知っているはずだ。さらに、はるかと相手の男を殺したのが夫であることに気づいているのではないか。

だが、妻は何も言おうとしない。

川原が逮捕されたのは、古山の自殺から四日後のことだった。

川原に悪い条件が重なった。不運だったとしか言いようがない。そのことは、川原自身が身に染みているだろう。

やはり、川原光輝は無実を勝ち取ることを諦めているのだろうか。天命だと言ったことが引っかかる。どういう意味だろうか。

もともと、川原光輝にはどこか翳《かげ》があった。その翳が、天命という言葉と結びついているのだろうか。

京介は椅子の背もたれに体を預けた。

もし、もっとキャリアのある弁護士だったら、川原を無罪に持っていけたかもしれない。川原はそのような不満を態度に表していないが……。

ふと、卓上のカレンダーに目が行った。

明後日の六月二十三日の木曜日に赤マルがついている。福岡の博多座まで歌舞伎を観に行くことになっていた。チケットもとってある。

ほんとうは土曜か日曜のものを求めたのだが、手に入らなかった。それでもどうしても観たいと思い、やっとのことで平日の昼の部のチケットを手に入れたのである。

京介は芝居が好きだった。中でも、歌舞伎をよく観た。時間があれば、東京の歌舞伎座、新橋演舞場、国立劇場だけでなく、大阪中座《なかざ》や京都南座《みなみざ》にも出かけていく。

何年か前には、熊本県の山鹿《やまが》にある八千代座《やちよざ》に行ったこともある。

明治時代に、旦那衆と呼ばれた実業家たちによって建てられた木造二階建ての瓦葺《かわらぶ》きの芝居小屋で、歌舞伎などの公演が行われた。

女性とデートするより芝居を選んだ。というと聞こえはいいが、京介にはまだ恋人がいなかった。

最初の予定では、川原光輝の無罪判決が出て、すがすがしい気持ちで博多に向かうはずだったが、当てが大きく外れた。

死刑判決が下されたうえに、川原光輝は控訴しないと言い出したのだ。

こんな気持ちで呑気《のんき》に芝居を観ていられるだろうか。

なぜ、控訴しないのか。またも、京介は川原のことに思いが向いた。

天命と言ったが、死刑になることが自分に科せられた宿命であると言っているようだ。

やはり、川原の翳が気になる。過去に何かあったのか。

思いあたることはある。はじめて警察署で接見したとき、彼は刑事事件の手続きについて知っていた。

その理由は、その後の彼の経歴を調べてわかった。もっとも、それは、検察官の資料によって知ったのであるが、彼は五年前に、窃盗罪で懲役六カ月の実刑判決を受けていたのだ。

平成十八年一月末、北九州市小倉寿山《じゆざん》町の中嶋電機産業社長中嶋清隆《なかじまきよたか》宅に侵入し、応接間に飾ってあった博多人形と現金三十万円を盗んだ容疑であった。

この中嶋電機産業というのは、小倉時代の川原が勤めていた会社なのである。つまり、川原は自分の会社の社長の家に侵入したのだ。

応接間にあった博多人形が、祖父から聞いていた亡き母に似ていたので、どうしても手に入れたいと思ったのだという。

現金三十万は使ってしまったが、人形は無事に持ち主に返ったそうだ。

この事件が、川原の翳の部分の正体だろうか。いや、そうとは思えない。彼の暗さはその出生と親の愛情を知らないところから来ているのかもしれない。

彼は祖父とふたりきりで生きて来た。彼は非嫡出子で、父親はいなかった。母親も三歳の彼を祖父に預けたまま東京に行き、半年後に亡くなっている。

こういう育ちをしている彼には常に寂しさがつきまとっていた。それが翳となっているに違いない。

しかし、どんな事情があれ、無実の罪で死刑になることなど決してあってはならない。たとえ、本人が納得したことであっても、それは間違っている。

川原光輝は法の尊厳を踏みにじろうとしているのだ。

京介は札幌の出身だった。中学、高校といじめに遭っていた。だが、あるひとの講演をきいて、京介は目覚めたのだ。

そのひとは、寛恕《かんじょ》の気持ちを強く説いた。その寛恕の言葉を心に秘めてから、いじめが怖くなくなったのだ。かえって、いじめは自分を成長させてくれる糧になると思うようになった。すると、不思議なことにいじめがやんだのだ。

弁護士になろうと思ったのは、それからだ。

無実のひとを救う。それが弁護士としての自分の役割であり、義務だと思っている。無実の人間を救えないということは、弁護士としては敗北だ。真実を伝えきれなかったことは、己の技量不足を物語っている。

だが、控訴審では、この失敗を糧とし、必ず無実を勝ち取ってみせる。そのためにも、川原に控訴してもらわねばならない。

明日、もう一度、彼を説得しよう。真心で迫れば、彼もきっとわかってくれるはずだ。そう思うと、ようやく気持ちも落ち着いて来た。

翌日、再び京介は千代田線の綾瀬駅の改札を抜けて、東京拘置所にやって来た。

面会の手続きをとり、待合室で待った。老いた婦人が若い女に支えられるようにして出て来た。面会相手は息子だったのだろうか。

帰っていく老婦人の後ろ姿が悲しみに打ち沈んでいるのがわかった。やりきれずに、京介はため息をつきながら目をそらした。

京介は呼ばれて面会室に入った。

椅子に座って待っていると、アクリルボードの仕切りの向う側のドアが開いて、刑務官に連れられて、川原がやって来た。

川原は静かに椅子に腰を下ろした。

「先生。控訴の件なら私の考えは変わりません」

またも、先に川原が切り出した。

「無実の罪なのに、死刑を受け入れることは法に対する冒瀆《ぼうとく》です。川原さん、考え直していただけませんか」

京介はなんとしても説得するという意気込みで言った。

「先生。申し訳ありません。私は与えられた運命を素直に受けたいのです」

「私が力不足のために、あんな判決になってしまいました。もし必要なら、控訴審では私ではなくもっと有能な弁護士を紹介します」

京介は事務所の所長である柏田四郎弁護士に頼むことも考えていた。柏田四郎は永年刑事事件を引き受け、過去に大きな冤罪《えんざい》事件を幾つか手がけ、無罪に持っていった凄腕の弁護士である。

「先生。そういうことではありません」

川原はすまなそうに言った。

その顔は暗く、地の底に沈んでいくような陰鬱さがあった。

「あなたは無実なのですよ」

不幸な偶然が重なって今の境遇にあるが、川原は犯人ではない。真犯人は古山達彦に間違いない。物的証拠はないが、古山達彦が西名はるかと田丸祐介を殺した真犯人であることは、状況が物語っている。

調査員の洲本功二も、同じ感想を持っていた。古山ははるかのために家庭までも失ってしまったのだ。妻が離婚を承知したからには、古山にははるかしかいなかった。だが、はるかは自由の身になった古山にもはや何の興味もなかったのだ。

はるかにつきまとっていたのは、古山である。ふたりを殺した古山に残された道は自ら命を断つことしかなかった。

だから、川原が犯人であることはあり得ない。ただ、この男は何か過去の大きな過ちから呵責《かしやく》に苦しんでいるのではないか。そんな気がした。

「川原さん。死刑であろうが、他の死に方であろうが、死に行くあなたには関係ないかもしれません。しかし、あなたが死刑になったって、被害者の無念は晴れませんよ。真実を明らかにしない限り、被害者は泣き寝入りするしかないのです。裁判官も裁判員も過ちに気づかず、生きていくことになる。あなたが死刑を受け入れるということは……」

「先生。申し訳なく思います。でも、これが私に科せられた運命なのです」

川原はあくまでも我を主張した。

「何かの呵責のせいですか。過去に何かあったのですか」

京介はきいたが、川原は口を閉ざしただけだった。

「控訴の期限まであと十日ほどあります。それまで、十分に考えてください」

京介はそう言い残し、またも虚しく立ち上がった。


その日の夕方、拘置所から事務所に戻った京介は、所長である柏田四郎のところに行った。

「先生、お時間がおありでしょうか。相談したいことがあるのですが」

書面から平たい顔を上げ、

「構わんよ」

と、柏田は応接セットのほうに顎をしゃくった。

京介は柏田と差し向かいになった。鬢《びん》は白くなり、それが顔の皺と相俟《あいま》ってそれなりの風格を醸しだしていた。

ヘビースモーカーだった柏田が禁煙して、今はテーブルには灰皿も置いていない。依頼人がどうしても煙草を吸いたいと申し出たときだけ、灰皿を出すようにしている。

「相談とはなんだね」

柏田が静かに促した。

「川原光輝なんですが、控訴を頑《かたく》なに拒絶しているのです」

「ほう」

柏田は目を細めた。

「裁判では、私の力不足から有罪にされましたが、川原は無実です。控訴審では、必ず無罪に持っていく自信があります。ですが、彼は控訴しないと言い張るのです」

「ちょっと理解出来ないな」

柏田は表情を厳しくした。

裁判の結果について報告してあったので、柏田は事件の内容もよく知っている。

「どうも、過去の何かの呵責から、今度の死刑の受け入れになったとしか思えません」

「過去に何かあったのか」

「五年前に窃盗事件を起こして六カ月の懲役刑を受けています。盗んだのは博多人形に現金三十万円。でも、動機に釈然としないものがあるのです。博多人形が祖父から聞いていた母の顔に似ていたので、どうしても欲しかったから忍び込んだというのです」

「母に似た博多人形か」

「はい。自分の会社の社長の邸《やしき》に呼ばれたとき、応接室にあった人形を見て、母を思い出したそうです」

「やはり、母親が恋しいということか」

「はい」

「母親の顔を知らないのか」

「はい。父親のない子を産んだ母親は、三歳になる川原を祖父に預け、自分は東京に出てから半年後に亡くなっています」

「自殺か?」

「いえ、事故です。交通事故だそうです」

そんな暗い育ちをした川原の心の闇を照らすものはなかったのか。

彼は窃盗罪の刑期を終えたあと、東京に出て、派遣社員の道を選んだのだ。

「おそらく、過去の何かが、彼の心境に影響を及ぼしているとみて間違いないだろう」

柏田も同じ感想を持ったようだった。

「いずれにしろ、無実の罪で死刑にさせてはならない。刑が執行されたあとで、じつは川原は無実だったとわかったら、たいへんなことだ。司法界に与える衝撃は計り知れない。ことに、裁判員にとっては一生、十字架を背負うような思いになるのではないか」

柏田は心配した。

「はい。私もそう思います」

「どうしても、川原を説得しなければならない。仮に、控訴せず死刑が確定しても、再審という道が残されているが、これが狭き門だ。控訴せず、闘おうとしなかった人間が再審請求を出しても、無実の訴えにどれほどの説得力があるか」

柏田の懸念はもっともだ。まず、控訴しなければならない。いや、控訴の決心をさせねばならない。

「もし、必要なら私も川原に会おう。私も説得する」

「わかりました。なんとしてでも、控訴させます」

京介は自分自身に言い聞かせた。

「そのこともそうだが、控訴審での闘い方だ」

「はい」

「被告人の弁護をするうえでは、どうしても西名はるかの人間性を問題にしないとならない。だが、それだけでは難しいかもしれない。だからといって……」

柏田は言葉を止めた。

「古山達彦のことは慎重にならなければならない」

具体的に古山達彦の名前を出して弁護をしないと、控訴審でも同じ結果になりかねない。だが、それをしてはならないと、柏田は注意をしているのだ。

被害者の人間性を否定するような弁護は一般人である裁判員の共感を得られないとわかりつつ、西名はるかの虚言癖について追及した。結果は、危惧したとおりになった。被害者を不当に貶めるという悪い印象を裁判員に与えてしまったのかもしれない。

だが、裁判員だけの判断で死刑になったわけではない。

有罪判決の場合には、少なくともひとりの裁判官の賛成がなくてはならないのだから、はるかの人間性を否定するような弁護は法律のプロである裁判官にも受け入れられなかったということになる。

したがって、このままの弁護では、たとえプロの裁判官だけの控訴審であっても決して見通しは明るいとはいえない。

「古山達彦のことは難しい問題だ」

柏田は鼻の頭をこすった。困ったときにする柏田の癖だ。

京介は、この事務所に入ったとき、柏田からある命題を出された。それは、被告人が犯人だと思っていても、弁護人は被告人の主張どおり無罪弁護をしなければならないのか、というものだった。

弁護人は被告人の利益を守る義務があるのだから無罪弁護をすべきではないかと、京介は答えた。

しかし、被告人の利益とは何か。実際に犯人だったら、素直に認めて罪に服したほうが、長い目で見たら被告人の利益に適《かな》うかもしれない。だから、弁護士としては被告人に罪を認めるように説得し、そのうえで情状酌量を求めての弁護をしたほうがいいのではないか。

問題は、被告人が弁護士の説得を聞きいれずにあくまでも無罪を主張した場合だ。それでも無罪弁護をするか、あるいは弁護人を降りるか。

さらに、柏田は大きな命題を京介に与えた。

被告人を犯人だと決めつけてよいのかということだ。犯人かどうか判断するのが裁判であるならば、裁判以前に弁護士が勝手に被告人を犯人と決めつけることが出来るのか。つまり、真実は神のみぞ知るということであれば、被告人を犯人だと思うこと自体に過ちがあるのではないか。

柏田はそう言った。結論としては、弁護士は被告人の主張どおり無罪弁護をすべきだという京介の考えが柏田の考えと一致したことになる。

これは、真実は神のみぞ知るという考えが根底にあってのことである。しかし、いま、京介はこの考えと逆のことをしようとしていた。

古山達彦のことだ。京介は古山こそ真犯人だと思っている。だが、状況証拠だけだ。それに、真実は神のみぞ知るという考えからすれば、古山を真犯人だと決めつけることは出来ない。川原を無罪にするために古山を真犯人だと決めつけねばならないのだとしたら、大きな矛盾を生じることになる。

人権を守らねばならない弁護士が、古山の人権を侵害しようとしているのだ。

「先生。どうしたらいいんでしょうか」

古山のことを封印して控訴審で闘えるのか。

「君は、古山のことをどう思っているのだ？」

柏田が鋭い声できいた。

「私は古山がふたりを殺して自殺したのだと思っています。でも、状況証拠だけです。いえ、状況証拠さえ乏しいのかもしれません。なにしろ、はるかとつきあっていたという証拠がないのですから。あくまでも、心証だけかもしれません」

それでも、古山が真犯人だと確信している。

しかし、そのことをどうやって立証したらよいのか。警察に訴えても、自分たちの捜査ミスを証明することになるのだから、取り上げてもらうのは難しい。

「君は有名な丸正《まるしょう》事件を知っているか」

「はい。冤罪関係の本で知りました。正木《まさき》弁護士の名誉毀損裁判ですね」

柏田は深く頷いた。

丸正事件とは昭和三十年に静岡県三島市の丸正運送店の女主人が殺された事件である。この事件で犯人とされたふたりは一審で有罪判決、二審で控訴棄却、そして最高裁への上告をした。だが、ふたりの無罪が明白であるにもかかわらず有罪を下した裁判所に対して、よほど強力かつ明白な証拠を突きつけなければならないと考えた正木弁護士と鈴木弁護士は、最高裁への上告趣意補充書に真犯人として三名を名指しし、さらにその三人を告発したのである。

告発された三人は、正木、鈴木の両弁護士を名誉毀損で告訴した。これによって、名誉毀損裁判がはじまったのである。

つまり、正木、鈴木の両弁護士は真犯人を名指ししない限り、どんなに裁判所の事実認定が非常識なものであっても無罪を勝ち取ることは難しいと判断したのである。

ちなみに、裁判は両弁護士側の敗訴となった。

今の京介は、まさに正木、鈴木の両弁護士と同じ気持ちだった。古山達彦が真犯人だと証明しない限り、川原を無罪には出来ない。

「やはり、古山達彦を名指しすることはよくないな」

柏田は結論を出すように言った。

「はい」

「何かいい方法があるはずだ。事件をよく振り返るのだ。きっといい解決策が見つかる。たとえば、証人の室岡ともみだ。川原が好意を寄せていることを知らなかったのだ。そのことを知った今なら、また事件を違った目で見られるかもしれない」

確かに、柏田の言うとおりだ。

室岡ともみが鍵になるかもしれない。また、その他、もう一度事件を洗い直せば、何か見つかるかもしれない。

京介はようやく元気が出てきた。

「先生。ありがとうございました」

京介は礼を言った。

「最後まで諦めるな」

そう言い、柏田は立ち上がった。

5

光輝はいつものように小さな窓から青空を見ている。唯一、心が慰むときだ。

しかし、光輝は鶴見弁護士の言葉が胸に突き刺さったまま、抜けなかった。無実のまま死刑を宣告され、そのまま刑が執行されたとする。それでそのまま済めばいい。だが、あとで無実がわかった場合はどうなるのか。

おそらく、光輝がとった態度は、死刑を宣告した裁判官や裁判員に対する無言の抗議として受けとめられるだろう。

裁判官と違って裁判員は一般市民である。間違えた判断を下し、死刑を選択した。この事実をどう受けとめていくだろうか。

生涯、その苦しみを抱えて生きていかねばならない。

だがそれも、あとから光輝の無実が明らかになった場合である。その可能性はあるだろうか。

真犯人が自ら名乗り出てくるなら別だが、その可能性はないのだ。鶴見弁護士も言っていたが、真犯人は古山達彦だろう。

光輝はふたりの関係に気づいていた。古山が職場に顔を出したとき、はるかがさりげなく立ち上がったのを見逃さなかった。

そしてすれ違うとき、ふたりが目配せをしたのに気づいた。そのとき、ふたりは出来ているのだと思った。もちろん、このことを他人に話したことはない。

警察の捜査に古山の存在はなかった。いや、取調べのとき、光輝は古山のことを訴えたことがある。

「君は、西名はるかに捨てられ、嫉妬に狂ったんだ。正直に言うんだ」

「違います。そうだ、古山達彦という男を調べてください。西名はるかとつきあっていたのは、その男です」

「いい加減なことを言うな」

そのとき、すでに古山達彦が自殺していたとは想像さえしていなかった。

もう古山が真犯人だと糾弾されることはないのだ。死んだ人間を取調べることは出来ない。

だとしたら、光輝以外に犯人はいないということだ。死刑執行後に、新たに真犯人が名乗り出ることはないのだ。

光輝はそう考えた。だとしたら、裁判員に迷惑を及ぼすことはない。

ただ、死刑という形で自分の人生を終えることを知ったら、祖父はなんと言うだろうか。

曾祖父、祖父に流れる川筋者《かわすじもん》としての荒い気性は、光輝には流れていない。だが、潔さのようなものは継いでいるように思える。

「光輝、そんなもん、潔さでもなんでもねえ。他人の罪のために命を落すなんてばかげた話だ」

祖父は顔を真っ赤にして、諫《いさ》めるかもしれない。

しかし光輝は、「じいちゃん、これしか方法がないんだ。神様が、こうなるように段取りをつけてくれたんだ」と、祖父に反論した。

確かに死刑判決を受けたときには全身が震えるほどの衝撃を受けた。しかし、それも長続きしなかった。

老いていたとはいえ、永遠に続くものと思っていた祖父の命が断たれた。祖父の死によって、形あるものは必ず滅びるのだと、改めて思い知ることになった。

ひとはいつか死ぬのだ。それが早いか遅いか。

ただ、死刑という形で生を閉じることには複雑な思いがする。それでも、自殺よりはましだ。

クリスチャンではないが、光輝は自殺には嫌悪を覚えた。自殺という人生の締めくくり方だけはしたくなかった。

「じいちゃん、わかってくれ」

光輝は狭い窓枠に見える青空に向かって呼びかけた。すると、祖父の声が聞こえたような気がした。

「おまえのおっかしゃんにそん姿ば見せに行こう」

祖父の声が蘇る。

中学の入学式が終わったあとだ。校門前で待っていた祖父とバスに乗り、寿山町にある墓地に向かった。

はじめて言い出した母のことに驚きながらも、祖父と出かけることで、光輝は心が弾んだ。足立《あだち》山麓に墓があった。

祖父は墓を大事に守っていた。祖父の両親、祖母、そして、母が眠っている。

「じいちゃんのおとうさんは虎蔵っていうのか」

墓石に刻まれた名前を見て、光輝はきいた。

「そうだ。虎蔵だ。俺はおやじによく似とったげな」

祖父は目を細めた。

「へえ、じいちゃんに似ていたのか」

その顔を想像して、光輝はにやついた。

「虎蔵じいちゃんてどんなひとだったの？」

光輝はきいたが、ほんとうは母のことをききたかった。いままで、祖父から母のことを聞いたことはない。祖父は語ろうとしなかったのだ。

一度だけ、酔って機嫌よく話している祖父に母のことをきいてみた。すると、とたんに祖父は不機嫌そうに黙ってしまった。

それ以来、光輝は母のことを口にしなくなった。

ただ、ふとしたときに祖父が母のことに触れることがあった。だが、それは断片的にだ。それらをなんとかつなぎあわせようとしてもうまくつながらない。

母は祖父母のもとから出ていった。つまり、家出をしたようだ。父娘の断絶があったのであろう。

祖父と母の間に何があったのか、最後は和解したのか、知りたかった。いまが、その機会かと思ったが、切り出せなかった。

「俺のおやじは若松で沖仲仕《おきなかし》ばしよった。そのうち話してやろう」

思い出話は酒が入らないと口が滑らかに動かないようだった。だが、意外なことに、祖父が母のことを言った。

「おまえの母しゃんは近所でも評判ん別嬪《べっぴん》だったぞ。そうだな、たとえてみれば、博多人形のごたる女子《おなご》だった。周囲からも、よく言われたもんだ」

祖父は大きな目を細めて言った。

「へえ、博多人形か」

まったく記憶にない母の顔だったが、光輝の脳裏にぼんやりとある輪郭が浮かんで来た。それが鮮明になったとき、博多人形を思い浮かべていた。

「母さんは、どうして……」

光輝は言いさした。

祖父は厳しい顔を墓に向けていた。母のことを思い出しているのだろうか。

しばらく墓の前で過ごしてから、ようやく離れた。

少し歩いていると、名刹《めいさつ》の広寿山福聚寺《ふくじゅじ》の山門前に出た。小倉藩主小笠原忠真《ただざね》の霊《れい》廟《びょう》がある。小笠原家の菩提寺だ。

背後にある足立山の緑が美しい。

「入ってみよう」

祖父は石段を上がって山門をくぐった。光輝も続いた。

境内はそれほど広くない。祖父は墓参りのあと、必ずここに寄るのだ。小さい頃は、ただ単に、ここが気に入っているだけだと思っていたが、そのうち祖父の目的がわかるようになった。

祖父は、ある慰霊碑の前に立つ。それは、『小倉炭鉱殉職者慰霊塔』であった。かつて、祖父は小倉炭鉱の坑夫をしていたのだ。

落盤事故に巻き込まれ、あやうく命を失いかけたことがあったと聞いたことがある。

「俺の面倒を見てくれたひとも、落盤事故で死んじまったんだ」

ちょうど、この足立山の下のほうの大畠《おおばたけ》周辺に炭鉱があったらしい。

祖父は一礼し、慰霊塔から離れた。

山門を出るまで、祖父は口を開こうとしなかった。亡くなった仲間のことを思い出しているのだろう。

山門を出てから、祖父はどういうわけか、坂道を上りだした。やがて、大きな邸が並んでいる一帯に出た。この辺りは金持ちが住んでいる。光輝には縁のないところだ。

「あの邸」

ふと、祖父が指さした。

「小倉建設の社長ん邸だ」

鉄扉越しに、大きな家が見えた。

「じいちゃんが仕事をしていたところだね」

「こん辺りな金持ちのえらいいっぱい住んでいるんだ」

しばらく行くと、白い塀が長く続き、しゃれた門扉の向うに白を基調にした建物が建っていた。

「ここもすごい家だね」

光輝はその白亜の建物を塀越しに眺めた。

「ここは中嶋電機産業という会社ん社長ん家だ」

まさか、十数年後、その邸と関わりを持つようになるとは、この時点では想像すら出来なかった。

第二章　人形供養

1

六月二十三日、京介は福岡空港から地下鉄に乗り、中洲川端《なかすかわばた》駅で下りて博多座に向かった。

早朝の飛行機で羽田を発ち、博多座には開演三十分前に着いた。入口はたくさんのひとで賑わっていた。綺麗《きれい》に着飾った婦人客の姿も目につき、ぞくぞくと、観客が劇場内に吸い込まれて行く。

京介もエスカレーターで運ばれて行く。

ここに来るまで、屈託を抱えていたが、壁に並ぶ芝居絵を目にし、華やかさの中に身を置くと、もう心は芝居に向かっていた。

開演までまだ時間がある。後ろのほうの花道に近い座席だった。腰を下ろしてから、京介は売店で買ったプログラムを開いた。

最初の演目は『矢の根』一幕である。

プログラムの解説を読む。

「歌舞伎十八番の一つで、曾我五郎《そがのごろう》の勇ましさを洒落っ気を交えて描いた典型的な荒事《あらごと》狂言である。――市松模様の障子を上げると車鬢《くるまびん》に筋隈《すじぐま》、黒繻子《くろじゅす》揚《あげ》羽蝶《はちょう》の衣装に仁王襷《だすき》を掛けた曾我五郎が、父の敵の工藤祐経《くどうすけつね》を討ちたい一心で炬燵《こたつ》櫓《やぐら》に腰を掛けて矢の根を研いでいる。生きた五月人形を見せる趣向である……」

客席もだんだん埋まって来た。開演間際の高揚した気分が京介は好きだった。芝居を観るのがもちろん目的であるが、劇場に足を踏み入れた瞬間から非日常の世界に身が置かれる。歌舞伎の持つ独特の華やかさにわくわくするのだ。

優雅な時間を過ごす。ちょっぴり値の張るチケット代もいとわない。特に、今回の場合はわざわざ飛行機でやって来ているのであり、費用はかなりなものになる。それに、せっかく博多まで来ながら、日帰りなのだ。

かなり贅沢《ぜいたく》かもしれないが、京介は酒を呑まないし、恋人もいない。唯一の趣味が芝居を観ることなので、すべての小遣いを観劇に当てることが出来るのだ。

今回、博多座までやって来たのは、昼の部に『加賀鳶《かがとび》』があったからだ。

この世話物の名作『加賀鳶』だけは、どういうわけか観る機会に恵まれなかった。それが博多座にかかるというので、仕事のスケジュールを調整し、チケットを買い求めたのである。

開演五分前になった。

もう一度、プログラムを開き、『加賀鳶』の解説を読む。

「河竹黙阿弥《かわたけもくあみ》が五代目尾上菊五郎のために書き下ろした世話物で、明治十九年（一八八六）に東京千歳座で初演した。原作は七幕の長編で、加賀鳶と町火消しが大喧嘩をした事件と、悪按摩《あんま》の道玄という黙阿弥得意の人物をからませて描いた物語だが、今は冒頭で加賀鳶の勢揃いを見せた後、道玄の悪の顚末を描いていく構成にしている。加賀鳶とは加賀前田家専属の火消しのことで……」

すぐ後ろの座席から、「小倉」という言葉が聞こえ、京介は背後から熱風を受けたような衝撃に襲われた。

どうやら、後ろに座った婦人客は小倉からやって来たらしい。小倉から博多まで一時間ちょっとだ。

たわいもない会話のようだったが、京介には小倉という地名が濁流のように頭の中に入って来た。

小倉は川原光輝が生まれ育った町だ。その川原は、死刑判決を受けたものの、控訴しようとしない。

なぜ、死刑を甘んじて受けようとしているのか。芝居見物の優雅な世界から京介はいっきに現実に引き戻された。

呑気に歌舞伎を観ている場合か。京介を非難する声が聞こえた。だが、歌舞伎を観て心をリフレッシュさせることは重要だという反論があった。いずれも心の声だ。

川原は過去の何かの代償として甘んじて死刑を受け入れようとしているとしか考えられない。形を変えた自殺をしようとしているのではないか。

過去の代償とは何か。死刑という罰を受けても仕方ないほどの行為を、川原は犯しているのだろうか。

死刑となれば、殺人だ。いや、そんな重大な事件ではなく、川原の行為によって誰かが死んだ。そういう事故か何かがあったのかもしれない。

そのことによる呵責が、今回の態度になったのではないか。そう思えるのだ。

拍子木の音が高く響いた。いよいよ、幕が開く。

だが、京介の心は川原への思いに満たされ、舞台に集中出来なくなっていた。

舞台では、三味線の音と大薩摩節《おおざつまぶし》の唄声が流れる。矢屏風の前で、曾我五郎が矢の根を研いでいるところに、年頭の挨拶に大薩摩主膳太夫《しゅぜんだゆう》がやって来た。

しかし、京介は舞台に集中出来なかった。隅に追いやった川原のことが頭の中心にあった。

いつしか、京介は川原のことを考えていた。

川原に秘密があるとしたら、東京に出てからのことではなく、五年前までいた小倉時代ではないか。

窃盗罪で半年間の懲役刑を受け、出所したあと、川原は東京に出たのだ。そして、派遣社員として働いた。

派遣社員として働いていた川原に特別なことは見いだせなかった。弁護をするうえで、周囲の人間に聞いても、川原はおとなしく、真面目な勤務態度だったという。

やはり、小倉時代だ。なにしろ、三歳で小倉にやって来て、二十八歳まで住んでいたのである。

その間、小倉で何かあったのではないか。

このまま手を拱《こまぬ》いていてはいけない。死刑という形で自殺しようとしている男を助けなければいけないのだ。

そう思うそばから、弁護士にそこまでしなければならない義務はない。それに今は自分の時間だ。歌舞伎を楽しんではいけないのか。

そう反撥し、舞台に神経を集中しようとした。だが、華やかな舞台から筋隈の役者の台詞が京介の怠惰を責めているように聞こえた。

控訴期限間際に最終確認をすればよいと思っているのは、やはりいやなことを先送りしているだけだ。川原の意志は固く、時間を置いても翻ることはない。そのことをわかっていながら、なにもせず手を拱いているのは怠惰であり逃げだ、と責められているような気がした。

はっと気づくと、曾我五郎が馬に乗って花道を行くところだった。幽閉されている兄の十郎を助けるために工藤祐経の館に向かうのだ。

拍手が鳴り響き、幕となった。

場内が明るくなった。京介は無意識のうちに立ち上がっていた。

博多座を飛び出すと、劇場前の通りでタクシーを拾い、博多駅に向かった。

このあと、博多座では、目当ての『加賀鳶』が上演される。さらに、最後は『身替座禅《みがわりざぜん》』で、楽しみにしていた。『身替座禅』は、前に中村勘三郎のを観たが、今回は尾上菊五郎が恐妻家の亭主を演じる。

心を残しながら、京介は博多の町をタクシーで走った。

正面に、九州新幹線の全線開通に先立ってオープンしたJR博多シティという駅ビルが見えて来た。

タクシーを下り、時刻表で列車の時間を調べたあと、広々として、しゃれた雰囲気の駅構内に入り、JR鹿児島本線のホームに向かった。

博多から小倉まで特急で四十一分。

本来なら博多座で食べるはずだった弁当を電車の中で食べた。自分で作ったおかかと海苔の弁当である。

小倉に着いたのは午後一時前だった。

改札を出てから、携帯を取り出し、小倉の大塚明《おおつかあきら》弁護士の事務所に電話を入れた。大塚弁護士は窃盗事件を起こしたときの川原光輝の弁護人である。

「はい。大塚明法律事務所でございます」

何度か電話で聞き覚えのある女性の声が耳に入って来た。可愛らしい声で、二十代半ばぐらいの女性を想像した。

「私は東京第一弁護士会の鶴見京介と申します。川原光輝の件で、いろいろ教えていただきました鶴見です。大塚先生はいらっしゃるでしょうか」

「東京の鶴見先生ですね。少々、お待ちください」

明るい声が返って来た。どんな顔をしているのだろうかと、想像した。丸顔で、目がぱっちりしている。そんな顔が浮かんだ。

しばらくして、

「大塚です」

という太い声が聞こえた。

「東京の鶴見です」

「お久しぶりですな」

大塚は相変わらず豪快だった。

「いま、お電話、よろしいでしょうか」

「構いませんよ。川原の件ですな」

「はい。そうなんです。じつは、いま小倉に来ております」

「なに、小倉に？」

大塚は驚いたような声を出した。

「はい。お忙しいところ申し訳ありませんが、お時間をいただけないでしょうか。川原のことで少しお伺いしたいことがあるんです」

「いいですが、じつはこれから出かけなきゃならないんですよ。夜はどうです？　小倉に泊まるのでしょう」

「…………」

そこまで考えていなかった。日帰りの予定だったのだ。だが、せっかくだから、大塚に会っていきたい。

「わかりました。夜、お願いいたします」

「では、六時ごろに事務所に来ていただけますか。事務所の場所は田町というところで、小倉北警察署前のバス停から歩いて五分ほどです」

詳しく道順を聞いた。京介は電話を切ったあと、一泊する破目《はめ》になったことに当惑しながら、明日の予定を思い出した。

午前中は事務所にいる予定だ。午後に依頼人がやって来ることになっているが、急用ではない。延期してもらおうと思った。

夕方から日弁連会館で人権擁護委員会の会合があり、夜は同期の弁護士仲間との呑み会がある。

これらにも断りの電話を入れておかねばならない。

それより、まず帰りの飛行機をキャンセルし、新たに航空券を買い求める必要があった。それに、今夜の宿も探さなければならない。

京介にとっては大きな出費だが、それ以上に、川原の秘密を探ることのほうが大事だった。

宿は駅の北口に直結したホテルがあったが、高級そうでちょっと手が出ない。なるたけ安いところを選ぼうと、観光案内所を探していて、書店の看板が目に入った。

駅ビル内にある書店で、京介は小倉の地図を買い求めた。大塚弁護士の事務所を訪問する六時まで五時間近くある。

それまで、川原が生まれ育った町を見ておこうと思った。

京介はひと気のない場所で地図を広げた。まず、大塚弁護士の事務所の場所を確認しておかねばならない。

田町の近くに小倉総合庁舎や小倉北区役所、さらには小倉城や北九州市役所がある。その中で、京介の目を引いたのが松本清張記念館だった。

京介は父の影響で、松本清張の推理小説をよく読んだ。父の書棚には清張の本がたくさん並んでいた。それは壮観であった。

そうか。ここが清張さんが育った町なのかと、京介には感慨深いものがあった。父が生前、小倉に行ってみたいと言っていたことを思い出したのだ。

時間があったら清張記念館に行ってみようと思った瞬間、川原の顔が脳裏を掠《かす》めた。我に返った思いで、改めて地図を眺めた。

まず、川原が三歳から二十八歳まで過ごしたという町を見てみたいと思った。彼は古船場町に住んでいたのだ。

地図で見ると、駅前のメイン通りを都市モノレール小倉線が通っており、ふたつ目の旦過駅から近い。

地図を閉じ、京介はモノレール乗り場に向かった。

高架線のモノレールは二両編成で、沿線には小倉競馬場もある。

折り返しのモノレールが到着し、乗り込む。やがて、静かに出発した。

ふたつ目の旦過駅で降り、地図を頼りに歩いていくと、古船場町の住居表示があった。紫川の支流の神嶽川《かんたけ》に沿った町だ。川のほうに向かう。すると、「無法松通り」という案内が出てきた。

無法松……。カラオケスナックで、誰かが唄っていた『無法松の一生』を思い出した。確か歌の出だしは「小倉生まれで玄海育ち」というのだ。あの無法松かもしれないと、京介は辺りを見回した。

商工貿易会館の裏手に石碑を見つけた。

正面に立って文字を読むと、「無法松之碑」とあった。

さらに、祇園太鼓を模《かたど》った石碑に、説明文があった。

古船場三丁目――独身者の松五郎が住んでゐた町で　此の町は俥夫　羅宇の仕替
香具師　土方等の自由労働者達が大勢住んでゐた　そしてこの町には木賃宿が三軒も
あって　渡り鳥の様に町から町へ漂泊する猿廻し　オイチニの薬売り　山伏等がいつ
も一杯だった

富島松五郎傳より

『富島松五郎伝』は作家岩下俊作の小説であり、『無法松の一生』という映画で有名だ。

こういう町で川原光輝は育ったのかと、京介は感慨深く改めて辺りを見回した。

もちろん、明治時代の面影などまったくない明るい町並みだが、車夫や羅宇屋、香具師などに混じって、幼き日の川原が祖父に手をつながれて歩いている光景が目に浮かんだ。

京介は古船場町を歩いてみた。呑み屋があり、古いビルがあり、公園がある。いくら川原が育った町を歩いたからといって、彼の心の奥に入り込めるものではないが、それでも何かを肌で感じられるかもしれない。

川原はここから小学校、中学校と通い、高校は有数の進学校に進んだ。高校を卒業後、川原は大学に進学せず、地元の中嶋電機産業という会社に就職をした。

大学に行かなかったのは、祖父に金銭的に負担をかけたくなかったのと、祖父をひとり残して小倉を出ていくことが出来なかったからだという。

小倉時代、川原に恋人はいなかったのか。好きな女性がいたのではないか。川原の友達に会って話を聞いてみたい。

旦過駅に戻って、通りの反対側に出てみた。北九州の台所とも呼ばれている旦過市場である。

狭い道に約一二〇店が軒を連ね、海の幸から山の幸まで新鮮な食材が並べられている。

おそらく、川原も日常的にこの市場に買い物に来たのだろう。

京介も入ってみる。たいそうな賑わいだ。

一八〇メートルもあるアーケードを抜けて、反対側に出た。辺りを眺めながら歩いていくと、『昭和館』という映画館があった。

『昭和館1』と『昭和館2』があり、それぞれ新作と古い名作を上映していた。おそらく、川原もこの映画館に何度も足を運んだのではないかと思われた。

時計を見たら三時になるところだった。京介は古船場町で見かけたホテルを思い出し、引き返した。

もう、博多座では昼の部の芝居が跳ねた頃だろう。複雑な思いで、ホテルに向かった。

古船場公園に近いホテルの玄関を入り、フロントに行った。

京介には手頃な値段で、シングルの部屋にチェックインした。

部屋で少し休むつもりだったが、急に松本清張記念館に行ってみたくなった。父をしのぶような思いもあった。

父は東京に本社がある電機メーカーの札幌工場に勤めていた。学歴のない父は出世とは無縁だったが、本はよく読んだ。

清張作品は父の書棚にすべて揃っていた。

京介にとっては、無法松より、松本清張のほうに思い入れは強い。小倉といえば、清張の『或る「小倉日記」伝』を思い出す。

「こういうのを小説というのだ」

熱く語った父の顔が忘れられない。

その作品の舞台になっている土地に、今来ているのだ。

父が生きていたら、

「俺もいっしょしたかった」

と、残念がったに違いない。

閉館まで時間がない。すぐ部屋を飛び出していこうとしたが、それを踏み止めさせるものがあった。

やはり、川原のことである。弁護士としての使命感が京介の行動を縛った。死刑という形で、川原は自ら死を選ぼうとしている。そのように川原を追い詰めた何かが、この小倉であったのではないか。

それを探ることが、川原の本意を翻させることになるのだ。

清張記念館に行くことを断念するまで、京介は何度も心の中で逡巡《しゅんじゅん》した。清張記念館は出直すことも出来るが、川原の場合は時間がないのだ。それに、『或る「小倉日記」伝』の舞台となった場所も歩いてみたいし、森鷗外の住居跡にも行ってみたい。そのためには、改めて訪ねて来るしかない。

観光ではないのだと、自分に言い聞かせた。

表に現れている川原の暗い過去は五年前の窃盗事件である。自分の勤める会社、中嶋電機産業社長中嶋清隆の邸に侵入し、博多人形と現金三十万円を盗んだのである。

中嶋清隆の邸は高級住宅が並んでいる足立山の麓の寿山町という場所だったと記憶している。

京介は地図を広げた。寿山町は小倉駅から南東の方角、直線距離でおよそ三キロ。古船場町からだったら二キロ半ほどの距離である。

盗みまでして、なぜ博多人形が欲しかったのか。母の面影を見つけたとはいえ、罪を犯してまで手に入れなければならないものだったのか。

しかし、この窃盗事件が、死刑判決を甘んじて受け入れるきっかけだとはとうてい思えない。

川原が秘密を抱えていることは間違いない。そして、その秘密が小倉時代にあるような気がしてならない。

五時を過ぎて、部屋を出た。

フロントで大塚弁護士の住所を示して道順を聞いたが、バスの乗り換えが面倒なので、結局タクシーを呼んでもらうことにした。

2

六時前に、京介は大塚弁護士の事務所に着いた。

古いビルの三階で、同じビルに法律事務所が幾つか入っていた。

ドアを開けると、受付には誰もいなかった。机の上の呼び鈴を押すと、衝立《ついたて》の奥から返事があって、細身の五十絡みの男が現れた。

「大塚先生ですか。東京の鶴見です」

「やあ、よくいらっしゃいました。そこで、待っていてくれますか」

体に似合わない野太い声で、大塚は応接セットのソファーを勧めた。

京介はソファーに座った。

奥で、大塚が電話をかけている。

「一台、お願いします。弁護士の大塚です」

どうやら、タクシーを呼んでいるようだ。

大塚弁護士は声から想像していた姿形と違っていた。大柄な熊のような男を思い描いていたので、最初のうちは違和感があった。ふと、電話に出た女性はどうだろうかと気になった。

鞄を提げ、帽子をかぶった大塚がやって来た。よれよれの年季の入った帽子だが、大塚の細面の顔に似合った。大塚は五十半ばだろうか。

「さあ、行きましょう」

明かりを消し、大塚は廊下に出てドアに鍵をかけた。

ビルの外に出た。まだ、タクシーは来ていない。夕方になっても、あまり涼しくはならない。

「この先が金田というところで、裁判所合同庁舎や弁護士会館、それに小倉拘置所もあります」

大塚が説明した。

「来ましたね」

京介が質問する前に、大塚が歩きだした。

タクシーがやって来たのだ。

京介を先に乗せてから、大塚は運転手に行き先を告げた。店の名前だった。

タクシーは、小倉北警察署前から市役所前を通った。

「ホテルはどこですか」

大塚がきいた。

「古船場のパークホテルです」

京介が答えると、

「古船場は彼が住んでいた場所ですね」

と、大塚が応じた。

「はい」

平和通りを越えてから、タクシーは路地を左折した。

スナックや料理屋などが立ち並ぶ一帯にやって来て、タクシーは停まった。

大塚が金を払い、タクシーから下りた。

ビルの外階段を三階に上がった。渋い柿色の暖簾《のれん》がかかった小料理屋だ。

大塚は常連らしく、迎えに出た女将《おかみ》らしい女性に軽く会釈をした。

「いらっしゃいませ。さあ、どうぞ」

十人ぐらい座れるカウンターの横を通り抜け、奥の小部屋に上がった。

お通しが出たあと、主人らしい板前の格好をした男が大塚に挨拶に来た。

大塚が何か言っている。

「はい。おかげさまで」

会話の端々から、何らかのトラブルを大塚が解決してやったようだ。

ビールが運ばれて来て、女将が京介に、

「どうぞ」

と、ビールを勧めた。

「すみません。呑めないので、少しだけ」

京介は遠慮がちにグラスを差しだした。

「呑めないのですか。それは可哀そうに。人生の楽しみの何割かを損していますな。じゃあ、女将。このひとのぶんも私が引き受けよう」

大塚は磊落《らいらく》に言ってから、

「酒がだめなら、おいしいものを出してください」

と、女将に頼んだ。

「すみません」

京介は肩身の狭い思いで言う。

「謝る必要なんてありませんよ。さあ、楽にしてください」

大塚は言ってから、

「電話の声で想像したとおりでしたよ、鶴見さんは」

「えっ。ほんとうですか」

京介は戸惑いぎみに言った。どんな印象を持ったのか、訊ねるのが怖かった。

「鶴見さんは、私のことを熊のように大柄な男だと思ったのではありませんか」

「えっ？」

京介はどぎまぎした。

「構いませんよ。よく言われますから」

「はい。そのとおりです」

大塚は大きな声で笑ってから、

「電話に出た事務の女性はどうです？」

と、きいた。

「はあ。若くて、丸顔の目の大きな女性ではないかと」

「なるほど」

大塚はにやにや笑っていた。

実際はどうなんですか、ときこうとしたが、料理が運ばれて来て、その機会を逸した。

グラスの器に氷と共に刺し身がきれいに並んでいた。

「それにしても、わざわざ、川原光輝のことで小倉にいらっしゃるとは……」

手酌でビールを呑みながら、大塚が驚いたように言う。

「はあ」

博多座まで歌舞伎を観に来たのだとは言いづらくなった。

「川原に死刑判決が出たそうですね。新聞で見て驚きました。小倉まで出向かれたのは控訴審に備えての調査のためですか」

そうきいてから、大塚は刺し身に箸をつけた。

「じつは、川原は控訴しないと言うのです」

京介は無念を滲ませて言った。

「控訴しない？」

「はい」

グラスを手にしたまま、大塚は不思議そうに京介を見つめた。

「控訴しないとは、どういうことですか」

「それがわからないのです。川原は、天命だと言うのです」

「天命？」

大塚はグラスを戻した。

「あの川原には少し変わったところが……」

大塚は言葉を止め、入口に目をやった。

女将が次の料理を運んで来た。なんとか汁だと説明していたが、京介の思いは川原に向かっていて聞きそびれた。

女将が去ってから、

「窃盗事件の弁護のときも、彼は妙なところがあった」

と、大塚は口にした。

「妙なところというのは？」

「実に潔いのだ。潔いということが妙だというのはおかしいが、彼はやったことをためらわず自ら進んで喋《しゃべ》った。それに、服役することをかえって喜んでいるようなところもあった」

「はあ」

それが妙なことなのかどうか、京介にはわからない。そばにいた者にしか、わからないことかもしれない。

「控訴審でも、勝てないと諦めているのか」

大塚が呟いた。

「裁判員裁判で死刑判決が下されたことがショックだったのかとも思いました。これでは控訴しても勝てないと絶望的になったのかもしれないと思いました。でも、そうではないようなんです」

京介はまたも無念そうに言う。

「では、なぜ？」

「わかりません。ただ、その秘密が小倉時代にあるのではないかと思ったのです」

「うむ」

大塚は小首を傾げ、

「私が窃盗容疑で逮捕された川原の弁護をしたとき、彼の経歴をいちおう調べたが、特に気になるようなことはなかったが」

と、訝しげに答えた。

「何か隠しているような様子は？」

「いや、何も」

大塚は言ったあとで、眉を寄せた。縦皺が出来た。

「あのときは窃盗の弁護に専念していたので、特には意識していなかったが……。さっきも言ったように、あまりにも潔かった。いまから思えば、早く刑務所に入りたがっているようにも感じられた」

「早く刑務所に？」

「いや。そのときは特に違和感はなかった。心底、罪を悔いているのだろうと思っていたからね」

なぜ、刑務所に入りたがったのか。

「川原には好きな女性はいたのでしょうか」

京介は質問を変えた。

「事件のときにはいなかった。過去にはいたかもしれないが……。女のことが何か関係あるのかね」

グラスを置いて、大塚はきいた。

「いえ、そういうわけではないのですが、殺人事件の弁護をしていて、気になったことがあるのです。そのことを裁判員には理解してもらえなかったのですが」

そう言い、京介は事件の内容に触れた。

「被害者の西名はるかは美人で男好きのする顔をしていました。でも、川原ははるかの誘惑にも負けなかったのです。はるかの部屋まで招かれながら、指一本も触れようとしていません。ひょっとして、川原は女に興味がなかったのか……」

室岡ともみに好意を持っていたというのも、川原の言葉だけなのだ。

「いや。川原はふつうの男だ。女の子のいるスナックに呑みに行ったりしている。女に興味がないということはない」

やはり、西名はるかの誘惑に負けなかったのは、室岡ともみへの思いが強かったからか。しかし、それならばなぜ、川原はともみに積極的に出なかったのか。その答えを探るように、京介はきいた。

「ひょっとして、川原には過去に好きな女性がいて、その女性に義理立てしてして、他の女には一切目もくれなかったのではないかとも思ったのです。そうだとすると、その女性のことで何か大きな秘密が……」

「うむ。なるほど」

大塚はグラスに手を伸ばし、

「五年前の裁判では、そのような女性のことは出てこなかった」

と、あっさり言った。

「川原には親しい友達はいたのですか」

京介はさらにきいた。

「情状証人として出てもらった男がいる。田代《たしろ》という高校時代の同級生だ」

「そのひとの名前と連絡先がわかりますか」

「事務所に行けばわかる。明日調べてみよう。会いに行くのか」

「はい。無駄骨に終わるかもしれませんが、会ってみたいと思います」

京介は藁にも縋る思いだった。

女将が新しい料理を運んで来た。焼き魚の芳ばしい香りが漂う。

今度は日本酒を頼んでから、大塚は女将に話しかけた。

「例のご婦人方は見えているの？」

「はい。お見えです。みなさん、お元気でいらっしゃいます」

京介のわからない話題なので、川原のことを考えた。

川原は死刑を甘んじて受け入れようと思うほどの何らかの負い目を抱えているのではないか。京介は女のことを考えている。

たとえば、川原には恋人がいた。その恋人は亡くなっている。その亡くなり方がふつうではなかった。つまり、病気や事故ではなく、自殺だった……。その自殺に何らかの形で、川原が関わっている。そのことに、川原は責め苛《さいな》まれている。そういうふうに考えてみたのだ。

その恋人に義理立てをして、川原は西名はるかの誘惑を撥ねつけた。だが、そのことが災いし、はるかの嘘に窮地に立たされることになった。天命というのは、そういうことだったのではないだろうか。

「失敬。ここでよく会う女性陣がいてね」

と、大塚は語りだした。京介は大塚の目尻の下がった顔を見た。

「皆さん、奥さんなんだが、ときたま女子会をここでやるらしい」

「先生も、そのお仲間に入れていただくんですか」

「いや、女子会だからね。男はだめだそうだ」

女将が酒を運んで来た。

「そうそう、例のご隠居」

と、女将が別の話題を持ち出した。

それを機に、また京介は川原のことに思いを馳せた。

川原に恋人がいて、その女性が不幸にも亡くなっていたという京介の想像が当たっていたら、川原の気持ちが理解出来る。川原は自分を責めているのだ。

まだ、大塚は女将と話している。酒が強いのか、大塚はぐいぐい猪口を空けていた。

「お邪魔しました」

女将が京介にあいさつして出て行った。

「もう少しぐらい呑めるだろう」

大塚がビール瓶を摑んで勧める。

「いえ。もう」

「いいじゃないか。古船場なら、ここから歩いてすぐですよ」

大塚の勧めを断れず、京介はビールが半分残っているグラスを差しだした。

「さあ、それは空けて」

「はい」

京介は無理して喉に流し込んだ。ただ苦いだけだった。

空になったグラスになみなみとビールが注がれた。

「君は岩下俊作の『富島松五郎伝』という小説を読んだことがあるかね」

いきなり、大塚が言い出した。

「いえ、父が本を持っていましたが、読んだことはありません」

「『無法松の一生』という映画を観たことは？」

「ありません」

「そうか。まあ、若いから仕方ないか」

「歌なら知っています」

「小倉生まれで玄海育ち、口も荒いが気も荒い、ってやつだね」

大塚は出だしを唄ってから、

「古船場に『無法松之碑』があったのを見たかね」

「はい。見ました。無法松通りにありました」

京介はさっき見た表示を思い出した。

「そうだ。古船場町は無法松が住んでいたところです。といっても、無法松は創作上の人物だけどね」

女将が料理を運んで来た。

「ステーキです」

皿を京介の前に置く。

「カウンターに山森《やまもり》先生がいらっしゃってますよ」

女将が囁くように教えた。

「なに、山森が？」

大塚は顔をしかめた。

また、女将と話しはじめたので、京介はひとり放り出された。

川原に恋人がいたかどうかは大きな問題だが、それより気になるのは、五年前の窃盗事件だ。

盗んだのが博多人形と三十万円。目的は金より博多人形だったという。動機が、人形の顔が母親似だったからというが、どうも腑《ふ》に落ちない。

他に博多人形を盗む理由があったのだろうか。

「山森というのはね、福岡地検小倉支部の検事です」

大塚の声が京介に向けられた。

京介は我に返った。すでに、女将の姿はなかった。

「よく、法廷で争う相手だ」

大塚は酒を呑み干して言う。

そのことで、ようやく思い出したのか、大塚は事件のことをきいた。

「その事件では、川原はほんとうに無実なのか。ほんとうはやっていた。だから、死刑判決を下されたとき、すべてを観念したとは考えられないのだろうか」

少し口調が変わったような気がする。大塚はだいぶ酒を呑んでいた。

「違います。川原は無実です」

京介はきっぱりと言った。

「その根拠は?」

「犯行後の犯人は逃走途中、磐井神社の植込みの中に凶器の包丁を隠しました。その包丁からは川原の指紋もDNAも検出されていません。さらに、返り血のついた衣服も発見されていません。要するに、物的証拠は何もないのです。ただ、西名はるかが川原につけまわされていると同僚に話していたことだけが、川原をクロと断定する根拠なのです。犯人を目撃した人間も、ちゃんと犯人の顔を見たわけではなく、警察から川原の写真を見せられ、刺したのはこの男ではないかと問われ、似ていると答えただけなのです。目撃者のあやふやな目撃証言により、川原は犯人にされてしまったのです」

京介は夢中で訴えた。

「確かに、疑わしきはシロという法の精神からいえば無罪かもしれない。いや、有罪にするだけの証拠が揃っているとは言えない。だが、弁護士の立場を離れて言えば、百パーセント有罪だと決めつけることは出来ないということは、犯人だという可能性もある、ということではないのかね。少なくとも、裁判員はそう判断したのだ」

「おっしゃるとおりです。一審では、私の力不足が敗因でした。ただ、言い訳になってしまうのですが、ポイントははるかの嘘をどう主張させるかでした。そのためには彼女の虚言癖や虚栄心などの性癖を訴えなければならなかったのですが、そうなると被害者の名誉を貶める結果になります。この裁判で難しかったのは、そのことでした」

「だが、いまの説明のままでは灰色無罪という印象です。ほんとうは川原は真犯人でありながら嘘をついている。そういう解釈も成り立ちます」

「それは……」

弁護士の発言とは思えない。京介は反撥したかったが、大塚はさらに続けた。

「鶴見くん。いま、君は法廷で検察官と闘っているわけではないんだ。川原と闘っているんだ。それは法律云々ではない。川原が百パーセントシロでなければ、君の思いは他人には伝わらない。川原は自分では無実だと言っているが、ほんとうは真犯人だった。だから、死刑宣告を受けたことを天命とした。こう解釈することが自然ではないか」

「………」

京介は返事に窮した。

「私は川原の人間性をわかっているつもりでいる。彼は、女に嫉妬して殺人などを犯すような人間ではないだろう。それから、裁判でも疑わしきは罰せずという法の精神からいっても、有罪になるのはおかしい。しかし、これは犯人と断定する証拠に欠けるということであって、犯人ではないということではない。当然、控訴すべき事案なのに、当人が控訴しないという。これでは誰でも、ほんとうはやっているのだと思うのは無理ないのと違うかね」

大塚は手加減なく問いつめた。

最初は優しい感じのひとだと思っていたのが、とんでもない間違いだと気づかされたような気がした。

大塚の顔がそれまでの仏顔ではなく夜叉《やしゃ》のようになっていた。

「それとも何か他に川原が無実だという証拠でもあるのかね」

黙りこくってしまった京介をいたぶるように、

「失礼。そんなものはないだろうな。あれば、法廷で出しているはずだからね」

と言い、大塚は冷笑を浮かべた。

まさに猫が追い詰めたネズミをいたぶっているのと同じに思えた。

「あります」

追い詰められて、京介は言った。

「ある？」

大塚は疑い深い目を向けた。

「あります。川原が無実だという証拠はあります。でも……」

「でも、なんだね」

大塚は細い目を光らせた。

「法廷では出せないのです」

「出せない？」

大塚は不思議そうな顔をして、

「それはおかしいね」

と、冷ややかに言った。

「被告人に有利な証拠を出さず、君は裁判を闘った。その結果、被告人は有罪、それも死刑判決を受けたというのかね」

「真犯人ではないかと思う人間がいるのです」

京介は口にした。

「ほう、真犯人だって？」

大塚は薄ら笑いを浮かべたように思えた。京介が苦し紛れに口にしたとしか思っていないようだ。

「古山達彦という妻子持ちの男です。古山ははるかが勤めていた東丸電工の得意先の城崎商事という会社の課長です。ふたりが交際をしていたことは間違いありません。はるかは、田丸祐介と親しくなって古山を捨てたのです。古山ははるかが忘れられずにつきまとっていました。はるかは、つきまとう男を、川原だと周囲に漏らしていたんです」

「ふたりが交際していたのは間違いないのか」

大塚は真顔になった。

「間違いありません。はるかのマンションの部屋を出入りする古山に似た男を住人が見かけていました。古山は離婚してはるかとの再婚を考えていたようです。ですが、そうなるとはるかは急に心変わりをし、田丸祐介とつきあい出したのです。そのことは、古山達彦と親しい人間が話してくれました。古山は女のことで悩んでいたと。その女がはるかであると証明出来れば……」

「しかし、それだけで、古山達彦を犯人と決めつけるのは無理だ」

「はい。しかし、事件当夜の古山のアリバイはありません。午後六時に会社を出てからの行動が不明です。もっとも、警察が調べたわけではありませんが」

調査員の洲本の調べだから、信用出来ると京介は思っている。

「うむ」

大塚は短く唸り声を発した。

「警察は、古山と川原を取り違えてしまったのです。すべて、はるかの虚言癖のためです。川原に付きまとわれているというはるかの嘘に、捜査を誤ったのです」

「弱いな」

大塚は切り捨てるように言った。

「やはり、物的証拠がない」

「警察が最初から間違わず捜査をしていたら、きっと物的証拠も見つかったと思います」

京介は悔しそうに言った。

「今までの君の話だけでは、古山が犯人だという可能性はあっても、証拠がない。古山を問いつめるしかない」

「それが無理なんです」

「無理？」

「古山は事件の三日後、自殺していたのです」

「なに、自殺……」

大塚は唖然としていた。

「事件の翌日から会社を無断欠勤し、新宿の古いビルの屋上から飛び下りたのです」

「遺書は？」

「会社宛と奥さん宛の遺書があったそうです。奥さんは何も話してくれませんでしたが、古山の友人が奥さんからきいた遺書の内容を話してくれました。女に騙されたこと、許せなかったのだと犯行を匂わす事柄も記されていたと言います。遺書にははるかの名前も書かれていたようなんですが、奥さんは口にしなかったということです」

川原の弁護を引き受けてしばらくしてから古山のことを知り、京介は遺族を訪ねた。しかし、奥さんは何も語ってくれなかった。

そこで、古山の友人を訪ねた。奥さんといっしょに警察まで遺体の確認に行った友人は、奥さんから遺書の内容をきいたが、見せてもらえなかったので、詳しいことはわからないと答えた。

「じゃあ、奥さんが証言してくれたら、古山の犯行は証明されるかもしれないのか」

「そう期待したのですが、奥さんにしてみれば、自分や子どもたちの今後のことを考えたら、夫や父親が殺人者であることは隠したいというのが本音《ほんね》だろうと……」

残された家族にはこれからの人生があるのだ。

「川原の弁護で、ほんとうは古山のことを持ち出したかったのですが、弁護士として、第三者を犯人だと告発することは出来ませんでした。ですから、他に犯人のいる可能性を指摘したのですが、わかってもらえませんでした」

京介は自分の力不足を嘆いた。

「第三者を犯人呼ばわりなど、もっての外だ。人権問題になる。いくら、被告人の利益を守るためとはいえ、そんなことをしてはだめだ」

大塚は厳しく言う。

「はい」

「警察には、古山のことを話してあるのか」

「川原も供述しているし、調べてくれるように訴えました。でも、聞いてもらえませんでした」

「そうだろうな。自分たちの捜査ミスを認めるようなものだからな」

大塚は呟いてから、厳しくきいた。

「しかし、このままでは控訴審になっても、無罪を勝ち取ることは難しい。結局、一審と同じ弁護にならざるを得まい」

「はい」

「川原はそのことがわかっていて、すべてを諦めたのと違うか」

「いえ、そうではありません。何か別の理由があるのだと思います」

京介はむきになって言い、さらに、

「それから控訴審では、もう一度、古山達彦の奥さんに頼むつもりです。このままなら、川原光輝という無関係な男が死刑になるのだと……」

大塚は無言で酒を呑んでいる。

最初の印象と違い、ネクタイの結び目を緩め、姿勢も崩れていた。

黙りこくった大塚がなんだか薄気味悪かった。だが、目的であった窃盗事件の話をまだ聞いていていなかった。

「大塚先生」

大塚は顔を向けた。

「川原の窃盗事件について詳しく教えていただけませんか」

「よし、わかった」

大塚の体が前後に揺れた。だいぶ酔っているようだ。

「事件は平成十八年一月二十九日、旧暦の大晦日に起きた。その日の深夜、つまり翌元日の未明になるが、門司の和布刈《めかり》神社で和布刈神事が行われる」

大塚は急におごそかな口調になった。

「和布刈神事ですって」

思わず、京介は感嘆の声を上げた。

「知っているのか」

「名前だけです。松本清張の『時間の習俗』という小説に出て来ました」

毎年旧暦元旦の未明に三人の神職がそれぞれ松明《たいまつ》、手桶、鎌を持って神社前の関門海峡の海に入り、海岸でワカメを刈りとって、神前に備える儀式である。

『時間の習俗』の冒頭が和布刈神事の描写から入り、事件の重要な場所として登場する。

「君は清張を読んでいるのか」

大塚は目を見開いた。

「はい。父の影響で読みはじめました。ほとんど、読んでいます」

京介は少し自慢げに言った。

「そうか。じゃあ、和布刈神事について、改めて説明する必要はないな。被害者である中嶋電機産業社長の中嶋清隆氏は、俳句の趣味があって、毎年この神事には欠かさず顔を出していたそうだ。川原はそのことを知っていて、前々からこの日に忍び込もうとしていたようだ」

大塚は手酌で酒を注いだ。

「川原は中嶋電機産業に勤めていたのだ。中嶋社長はよく社員を寿山町にある自分の邸に招待していた。部課単位で集まるのだが、そのときに応じて、上司が部下を伴って訪問した。その前年の秋に、川原がその仲間に加わったのだ。そして、応接室に飾ってあった博多人形を見て、祖父から聞いて、勝手に想像していた母の若い頃の面影を見つけたという。そのとき、来年の和布刈神事には家族を連れて見にいくという話を中嶋社長がしていた。そのことをあとで思い出し、どうしても母に似た博多人形を手にいれたいと思ったそうだ」

百歩譲って、母に似た博多人形への思い入れを理解したとしても、盗みに入ってまで手に入れたいものなのか、よく理解出来なかった。

「どうして、川原の犯行だとわかったのですか」

「当日の夕方五時ごろ、社長宅の周辺で、怪しい男がうろついているのが目撃されていた。それが、川原だった。邸の塀沿いをまわったり、不審な行動を家人だけでなく、通行人も見ていた」

大塚弁護士は息継ぎをしてから、

「決定的だったのは、応接室に忍び込んだとき、ハンカチを落していたことだ。そのハンカチから川原のＤＮＡが検出された。さらに、翌日、川原は盗んだ博多人形を和布刈神社の人形供養《にんぎょうくよう》に願い出ているのだ」

「人形供養？」

「和布刈神社は不要になった人形を供養している。川原は一月三十日の午前九時ごろ、社務所に人形を持ち込んだそうだ。神社の巫女《みこ》は、どこにも傷みも染みもない、しっかりした高級そうな博多人形を供養するのは、何かよほどの因縁があったのかもしれないと気になったそうだ。ところが、翌日の新聞に博多人形の盗難の記事が出ていたので、びっくりして神主に相談し、警察に届けて出たというわけだ」

大塚は酔っているにしては、事件のことはしっかりと冷静に話した。

「じゃあ、事件から数日後には川原の犯行だとわかってしまったのですね」

京介は頭の中で事件の流れを整理しながら言った。

「そうだ。ばかなことをしたものだ」

大塚は口許を歪めた。

「なぜ、川原は人形供養をしようとしたのでしょうか。母の若い頃の面影を見つけたのなら、大事に持っているのが自然だと思うのですが」

「最初はそう思ったらしい。だが、盗んだという負い目から、母親に叱られているような気がして怖くなった。それで、和布刈神社に持ち込んだという」

いまひとつ、腑に落ちなかった。仮に、そういう気持ちになったにしても、あまりにも早すぎる。しばらく、博多人形を自分の手元に置いておいた末に、そのような気持ちになるなら理解出来るが……。

「盗んだ三十万はどうしたんですか」

京介はさらにきいた。

「持っていなかった。使ってしまった。人形供養を頼んだ翌日の夜、川原は博多で有名な『河庄』という寿司屋で呑み食いし、そのあと、中洲の高級ソープランドに行っている」

「ソープランド？　馴染みの女の子がいたのですか」

「いや。女優の卵やモデルのようなコンパニオンばかりが揃っていて、最低でも十万近くするらしいから、よほどのことがなければ行けないだろう」

「そうですね」

自分が知っている川原と印象がだいぶ違うことに驚かざるを得なかった。

京介は、寿山町にある中嶋社長の邸を見てみたいと思った。そのことを言うと、大塚は案外とあっさり、

「よし、明日、俺の車で案内してやろう」

と、言った。

「いえ、教えてもらえれば自分で行きます」

京介は遠慮した。

「タクシーを使うこともあるまい。明日の午前中なら時間はとれる。よし、ホテルに迎えに行く」

「とんでもない。事務所までお伺いします」

「事務所まで行ったら、また戻って来なくてはならなくなる。ホテルからのほうが近い。それに、俺も事務所に行くより、家から直接ホテルのほうが早いんだ」

さっきは意地悪そうに思えた大塚だが、今度は親切な男に思えて来た。大塚はどこまで酔っているのかわからない。

「そうですか。じゃあ、お願いいたします」

京介は頭を下げた。だが、大塚が酔っているとしたら、果たして覚えておいてくれるだろうか。心配になったが、念を押すことも出来なかった。

最後に食事が出て、デザートを食べた。

「よし、行くとするか」

大塚は腰を浮かせた。

京介が財布を取り出すと、

「いいから」

と、大塚は鷹揚に言った。

出口に向かってカウンターの脇を通ると、髪を七三にきれいに分け、紺のスーツに身を包んだ五十年配の男が、大塚に声をかけた。

「大塚先生、お帰りですか」

この男がさっき話題に出た山森検事であろう。法廷でいつも対決する郷田《ごうだ》検事を思い出した。

「君、ちょっと外で待っていてくれ」

山森から京介に顔を向け、大塚が言った。

その男にも軽く会釈をし、京介は出口に向かった。

外に出て階段で待っていると、三人連れのサラリーマンふうの男が下からやって来た。

この三人は隣にある店に入って行った。

それほど待つことなく、大塚が出て来た。

「ごちそうさまでした」

京介は馳走になった礼を言った。

「うむ。それより、すまんが、俺はもう少し残る。ここで別れよう。ホテルまで近いからわかるだろう」

「はい。だいじょうぶです」

「じゃあ」

大塚は引き返した。

明日のことに何も触れなかった。車で案内してくれるということを覚えているか、少し心配になった。

追いかけて訊ねるわけにもいかず、京介は諦めて階段を下りた。

呑み屋が並んでいる細い路地は酔客でいっぱいだった。

誰かに道をきこうと思ったが、まだ九時前だ。ホテルの部屋に帰ってひとりで過ごすのもわびしいので、きょろきょろしながら歩いた。

スナックがたくさん入っているビルの前では、肩を出したドレスの若い女の子が客引きをしていた。

ステーキ屋や寿司屋、しゃぶしゃぶ屋が並び、またスナックが出て来た。

ビルの二階に、『蓬莱山亭《ほうらいやまてい》』という木の看板がみえた。木目の浮きでた雲形の板に、紅色で文字が書いてある。東京の各所にある『蓬莱山亭』と同じだ。チェーン店なのだろう。

この盛り場でも三店舗見かけた。

歩き回って、やがて大通りに出た。モノレールの高架線が通っていた。右手に駅が見える。

平和通駅だ。次が旦過駅だ。ようやく位置関係がわかり、京介は古船場町のパークホテルに足を向けた。

3

翌二十四日の朝、意識のかなたで鳥の鳴き声のようなものを聞いていた。それが目覚ましの音だと気づくまで時間がかかった。

昨夜はホテルに帰ってシャワーを浴びてからベッドに入ったが、いろいろなことを考えて寝つけなかった。

それにしても、こうして小倉のホテルにいること自体が不思議だった。本来なら、東京に戻っている頃である。

博多座で、最初の演目『矢の根』を観ただけで退出した。わざわざ飛行機で日帰りして観るつもりだった『加賀鳶』を見損なった悔しさはあるが、思い切って小倉に来てよかったと思っている。

大塚弁護士から聞いた川原の窃盗事件は、興味深い点がいくつかあった。

まず、事前に川原は偵察をしていたことだ。それほど準備を万端にしながら、現場にハンカチを落している。

だが、ほんとうに引っかかる点は、盗んだ博多人形を供養に出していることだ。なぜ、そんな真似をしたのか。さらに、その翌日の夜は博多の高級寿司店と、さらに高級ソープランドで遊んでいるということだ。

そのことを考えているうちに、気づくと午前零時を大きくまわっていた。だが、目はますます冴えていった。

最後に時計を見たのが午前二時で、その後、ようやく寝入ったらしい。鳴り続ける七時の目覚ましで、やっと目を覚ましたのだ。

シャワーを浴びてから、二階のレストランに行き、朝食をとった。トーストにベーコンエッグ。それに、野菜サラダ。コーヒーを飲みながら、今日の行動を考えた。

まず、中嶋電機産業社長の家だ。もちろん、訪問するのではない。ただ、見ておきたいだけだ。参考になるかどうかわからないが、その邸を見れば、少しは川原の気持ちが理解出来るかもしれない。

それから、田代という川原の友人に会ってみたい。あとは和布刈神社だ。そこに行くのも、川原の気持ちを少しでも理解したいためだ。

食事を終え、京介は九時まで待つことにした。

大塚が来るかどうか。きのうはだいぶ酔っていたようだから、きょうの約束を覚えているかどうか。

九時十分前に電話がなった。フロントからで、大塚が来ているということだった。

急いで部屋を出、一階に下りた。フロント前の椅子に、大塚が座っていた。チェック柄のズボンに花柄のワイシャツ姿で。これから遊びに行くような雰囲気だった。

大塚が気づいて立ち上がった。

「先生。ありがとうございます。すみません。すぐ参りますので」

京介は声をかけた。

「車を玄関前につけておくから」

大塚はさっそうと玄関を出ていった。

フロントに行って、チェックアウトを済ましてから、玄関を出ると、黒のセダンが停まっていて、運転席から大塚が乗るように言った。

「失礼します」

京介は助手席に乗り込んだ。

シートベルトをしてから、

「きのうはすっかりご馳走になりました。きょうは申し訳ありません」

京介は改めて礼を言った。

「なあに、たいしたことはないですよ。きょうは、一日つきあってあげたいのだが、午前中だけで勘弁していただきたい」

「いえ、十分です」

大塚は酒を呑んでいるときとは別人で、やはり紳士だった。この車も、おとなの雰囲気のある格調高い高級車で、大塚弁護士にふさわしく思われた。

ただ、服装はカジュアル過ぎると思った。弁護士らしくない。

「この服装なら安心してください」

まるで、京介の顔色を読んだように、大塚が言った。

「運転するときは、いつもラフな格好なんですよ。ちゃんと着替えを持って来ていますから」

なるほど、後部座席にスーツがあった。

車は東の方角に走った。交通量は多いが、スムースに流れ、北九州都市高速道路の下を潜った。

「きのうは、あのあと、迷わずホテルに行けましたか」

運転しながら、大塚がきいた。

「はい。少し、あの辺りをぶらついてしまいましたが」

「盛り場も東京と違うでしょう」

「ええ。そういえば、『蓬萊山亭』っていう店が幾つかありましたが、チェーン店なんですね。東京にもありますよ」

京介は独特な木の看板を思い出して言った。

「今じゃ、『蓬萊山亭』は全国にありますよ。小倉が発祥なんですよ。初代の社長が戦後、小さな呑み屋からはじめたのが当たって、今じゃ全国に展開するようになりました。蓬萊山というのは富士山の異名で、いつか富士のように日本一になるのだという意味で、蓬萊山と名付けたそうですね」

「小倉が発祥なんですか。じゃあ、社長も小倉の方なんですね」

京介は新しい発見があったように声が高まった。

「今の社長は三代目です。東京生まれですけどね。まだ、若いから」

「若いっていくつぐらいなんですか」

「三十ぐらいじゃないかな」

「へえ、三十で社長ですか」

京介は感心して言う。

「社長になったのは二十五ですよ」

「二十五？」

京介は目を見張った。二十五歳で、全国チェーン店『蓬萊山亭』の社長になったという。

「有能なことは間違いないでしょうが、父親が急死し、急遽《きゅうきょ》社長になったんですよ」

「急死？」

「人間の運命なんてわからないものです」

神岳《かんたけ》という交差点を左折する。

前方に山が見えて来た。

「足立山です」

車は坂道を上って行く。

足立公園という森林公園の並びに、中嶋社長の邸があった。付近は、かなり高級な邸が並んでいる。

適当な場所に停め、大塚は車を下りた。

中嶋社長の邸宅は白い塀に囲まれていた。塀の向うに、建物が見える。敷地は数百坪はあるだろう。

「川原が下見をしていたのは五時ごろです。冬だから、そろそろ日が暮れようとしている頃です。セーターにダウンジャケット、帽子を目深《まぶか》にかぶっていた。それから、夜八時ごろに、福聚寺の山門の前で目撃されている」

「福聚寺？」

「広寿山福聚寺といって、中国の禅宗の黄檗宗《おうばくしゅう》の寺です。小倉小笠原藩初代藩主の小笠原忠真が小笠原家の菩提寺として創建したものです」

「すみません。そこに案内していただけますか」

「わかりました」

再び、車に乗り、坂を少し下った。

途中、広寿山前というバス停があった。

山門の前で車から下りた。

なるほど、説明書きには大塚が言ったことが書かれていた。ここには小笠原忠真や夫人の廟所があるという。

説明を読み終わったとき、背後から大塚が言った。

「ここは、『或る「小倉日記」伝』にも出て来てますよ」

「ほんとうですか」

「あの中に、資産家で文化人の白川慶一郎という医者が出て来る。その白川病院の山田てる子という看護婦が、耕作《こうさく》が森鷗外《もりおうがい》のことを調べているときいて、こう言うんだ。自分の伯父は広寿山の坊主だが、鷗外がよく遊びに来ていたことを話していた、と」

「あっ」

京介は思い出した。

「そうです、覚えています。その伯父さんというのは七十ぐらいの老僧で、森さんは、寺の古い書き物や、小笠原家の記録を丹念に見ていったと耕作に話してやるのですよね」

「ほう、よく覚えているね」

大塚はうれしそうに言った。

一瞬だけ、京介は川原のことを忘れ、『或る「小倉日記」伝』の世界に没入した。そして、小倉は改めて、松本清張が暮らした町なのだという感慨に浸った。

「そういえば、『半生の記』の中で、清張さんが足立山の麓のほうに引っ越したことが書いてありましたね。兵器廠《へいきしょう》の職工のための住宅の空き家に家族を呼び寄せて住んだという記述を思い出しました」

「そう、黒原《くろばる》というところだ。黒原はここから少し南に行ったところです」

大塚はますますうれしそうに言った。

「君はよく読んでいますね」

「小説ではないのに、『半生の記』はいっきに読みました。清張さんがどのような暮しをしてきたのか、知りたかったんです」

「わかります」

それから、しばらく清張小説の話題が続き、本来の目的を忘れそうになった。あわてて、京介は話を戻した。

「五時から十一時ごろまで、川原はこの近くで中嶋社長が家を出るのを待っていたのでしょうか」

「そうです。足立山公園の中にあるトイレなどで時間を潰したと言ってました」

「そうですか」

ずいぶん長い時間だ。一月末である。寒い中を、川原は公園で待機していたのか。

「そろそろ、行きますか」

大塚が腕時計に目をやった。

「はい」

ふたりは車に戻った。

「そうそう、川原の友人の田代くんに連絡したんですが、鹿児島支店のほうにきょうから二泊の予定で出張だそうです。ききたいことがあるなら、私が代わってきいておきましょうか」

窃盗事件の翌々日、ソープランドに行っていることがわかった今、京介の疑問のひとつが氷解したも同然だったが、念のためにきいてもらうことにした。

「それでは、お願い出来ますか。まず、ひとつは川原に恋人がいたかどうか。いたなら、その恋人に何か負い目を感じていなかったか。もうひとつは、博多人形の話を聞いたことがあるかどうか」

「わかりました。きいておきましょう」

「すみません」

車は来た道を戻った。

川原が忍び込んだ家や目撃された場所を見てきたが、特に得ることはなかった。

車は平和通りに近づいた。

「どうしますか」

信号待ちで停止したとき、大塚がきいた。

「駅につけていただけますか。これから、門司に行って来たいのです」

「門司？　和布刈神社に？」

大塚が驚いたようにきいた。

川原の窃盗の件を調べ直しているととられると、大塚も気分がよくないと思い、京介は別の理由を口にした。

「『時間の習俗』を読んで和布刈神社に行ってみたいと思っていたんです。せっかく、ここまで来たのですから、ぜひ見ておきたいんです」

「なるほど」

大塚が今の話を素直に受け取ったかどうか、わからない。しかし、和布刈神社に興味を抱いたのは事実だ。

「時間があったら、清張記念館に寄って帰ろうと思います」

「わかりました。じゃあ、駅まで」

車は平和通りをまっすぐ駅に向かった。


それから三十分後、京介は門司港行き普通電車に駆け足で飛び乗った。書店に寄り、ガイドブックを買い求めていたのだ。

空席を見つけて落ち着く。

やがて、小倉駅を出発してすぐ海が見え、島が見えて来た。地図を広げた。福岡県ではなく、山口県下関市の彦島《ひこしま》というところだった。彦島田《た》の首《くび》町とか、彦島塩浜町、彦島向井町、彦島山中町など、彦島の名がついている。

地図をよくみると、本州とは橋でつながり、一部は陸続きのようだが、やはり大きな島のようだ。

そういえば、清張の『半生の記』にこんな描写があったのを思い出した。

小田の家は、小倉から門司に行く途中、山が海に迫った延命寺というところにあった。電車がトンネルを過ぎると松林があって、前に彦島が見える。

清張が箒《ほうき》の行商をしていたのは昭和二十三、四年のころだろう。作家になる前の清張さんが辿った線をいま自分が辿っているのだ。

清張を思うと父のことを思い出す。

高校のときだったか、父が本を夢中で読んでいた。表紙を覗くと、清張の『黒い画集』だった。

「あれ、とうさん。これ、前にも読んでいたじゃない」

京介がきくと、父は活字から顔を上げようとせず、

「四度めだ」

と、言った。

彦島から関門海峡トンネルを経て、山陽本線の下関駅と鹿児島本線の門司駅が結ばれているのだ。

列車は門司駅を出発した。京介の目的地はさらに先の門司港駅である。

彦島の隣に、小さな島が見えた。

船島《ふなしま》だ。宮本武蔵と佐々木小次郎の決闘で有名な島で、小次郎の流派の名にちなんで巌流島《がんりゅうじま》とよばれるようになった。

門司港駅に着いた。小倉から二十分足らずである。

門司港駅はネオ・ルネッサンス様式の木造二階建てで、現役駅舎として全国ではじめて重要文化財に指定されたという。

明治時代から国際貿易港として発展し、三井・三菱の財閥系の企業や、石炭産業によって財を築いた地元企業が進出し、明治・大正時代の建物がたくさん残っている。旧門司三井倶楽部や旧大阪商船、旧門司税関というレトロな建物が人気らしいが、京介の頭には和布刈神社しかなかった。

バス停を探した。ちょうど、和布刈行きのバスが停まっていて、京介は乗り込んだ。

走り出してしばらくして海が見えて来た。前方の高い位置に関門橋が見えた。

和布刈神社の目の前にバス停があった。バスを下りたあと、帰りのバスの時間を調べてから、京介は『和布刈神社』と額がかかっている鳥居をくぐった。

義経・平家伝説ゆかりの地として、和布刈神社の説明があった。


仲哀天皇九年（西暦二〇〇）に創建。

吉川英治『新・平家物語』では合戦前夜神官　橘《たちばなの》魚彦《なひこ》による祝詞と神酒で平家の戦勝を祈願したとされる。毎年旧暦元旦の和布刈神事は有名。


すぐ左手は海である。関門海峡だ。

右手に社務所があり、なるほど、人形供養の貼り紙があった。川原は、ここに博多人形を持ち込んだのだ。

さらに、奥に行くと、本殿が左手の海に向かって建っていた。まず、小銭を取り出し、拝殿にお参りをした。調べの成果が上がるように祈ってから、拝殿を離れる。目の前に、海に下りる石段があった。

和布刈神事のときは神官がこの石段を下りて海に入るのだ。海中に建つ古い石灯籠が波を受けていた。

狭い境内で、奥に行くとすぐ行き止まりになる。そこに、松本清張文学碑が建っていた。小説『時間の習俗』の文章が刻まれていた。

神官の着ている
白い装束だけが火を受けて、
こよなく清浄に見えた。
この瞬間、時間も、空間も、
古代に帰ったように思われた。

冬の深夜なのだ。まさにこのような情景なのだろうと、京介は再び石段のところに戻って神事を想像した。

小説の中で、峰岡という男はこの神事の光景を自分のカメラに収めていた。そのあと、朝になって、峰岡は小倉の駅前の旅館に現れる。

そのカメラに収まった和布刈神事の写真が、アリバイ工作に使われたのだ。

石段の横に、木造の家屋があった。何かの催し物に使われる場所なのか。神事のとき、中嶋社長の家族はここにやって来たのかもしれない。

そう思ったとき、またも人形供養の不自然さを考えた。翌日の九時ごろは、すでに中嶋社長は引き上げていただろうが、なぜ中嶋社長がいた和布刈神社で人形供養をしようとしたのか。

京介は海を見た。「早鞆《はやとも》の瀬戸《せと》」と呼ばれる潮流の激しい関門海峡だ。対岸の壇《だん》ノ浦《うら》は、源平の最後の合戦で平家一門が海の藻屑《もくず》と消えたところである。

すぐ右上に関門橋が海峡を渡っている。

川原は、なぜ、ここにやって来たのだろうか。いや、そもそも盗んだ博多人形をどうしてすぐに供養しなければならなかったのか。

祖父から聞いて頭に描いていた母の顔にそっくりだったという。だったら、そばにおいておきたいと思うのではないのか。京介は何度もこの疑問を考える。

三歳の川原を自分の父親に預け、母親の初枝は東京に戻り、半年後に死亡している。

川原は母親の顔の記憶はなく、祖父から聞いた話から勝手に母親の顔を作り上げていたようだ。

人形供養に事寄《ことよ》せているが、川原は母親の供養のつもりだったとも考えられる。だが、それでも、何かしっくりいかない。

それに、翌日の夜は博多の高級ソープランドで豪遊しているのだ。まさか、それまでも母親の供養のつもりだったとは言えないだろう。

和布刈神社に来て、ますます川原の行動に疑問を持った。が、その疑問は、どんな些細な行動からでも川原の秘密を探ろうとしている京介だから感じることであって、大塚弁護士も当時の捜査官も疑問は持たなかったのは当然なのかもしれない。

バスの時間が迫って来て、京介はバス停に戻った。

門司港に戻って、さすがに空腹を覚えた。午後二時をまわっていた。喫茶店で、カレーライスを食べ、門司港駅に向かった。

ちょうど、駅前の噴水が水を噴き上げたところだった。その噴水を見ながら、京介は携帯を取り出した。

大塚弁護士の事務所にかける。

「はい。大塚法律事務所です」

例の女性の声が返って来た。

「鶴見と申します。先生、いらっしゃいますか」

「あら鶴見さん。少々お待ちください」

急に親しげな声になった。

すぐに電話は大塚に代わった。

「鶴見です。これから、門司港駅を発つところです」

京介は知らせた。

「そうですか。何かわかりましたか」

やはり、単に『時間の習俗』の和布刈神社を見たかっただけではないと、大塚は見抜いていたようだ。

「いいえ、特には」

疑問が膨らんだのだが、そのことは黙っていた。

「こっちに寄りませんか」

「いいえ、今夜の飛行機で帰らなくてはなりませんので、寄らずに失礼いたします」

京介はまっすぐ帰ることを告げた。

「清張記念館には寄らないのですか」

「えっ？」

「うちの事務所から近い。清張記念館のあとにうちに来たらどうですか」

京介はあわてた。大塚の事務所に寄らない代わりに、松本清張記念館に行ってみようと思っていたのだ。

「帰りが遅くなりますので」

大塚の言うようにしたら、今夜中に帰れなくなる。

「そうですか。残念です」

大塚は心底残念がっていた。

「いろいろお世話になりました。ご馳走になったうえに、車で案内してもらったり……」

「いや。そんなことは気にしなくていいですよ」

大塚は大きな声で言い、

「川原の友人の件は任せておいてください」

「はい。よろしくお願いいたします」

電話を切ったあと、これでは清張記念館に寄りづらくなったと思った。

迷いながら、京介は博多までキップを買った。

快速に乗り込んでも、まだすっきりしなかった。

京介はせっかく小倉に来たのだから、清張記念館に寄りたかった。平成十年に記念館が出来たと知ると、父はぜひ行ってみたいと言っていたのだ。

父は読書の虫だったが、特に清張の小説が好きだった。その影響で、京介も読みはじめたのだ。

京介が最初に読んだのは『眼の壁』で、続いて『点と線』『時間の習俗』『Dの複合』『砂の器』など、夢中で読みあさった。

だが、『或る「小倉日記」伝』を読んで、正直、面白いとは思わなかった。だから、父にこれはつまらなかったと言った。すると、おとなしく寡黙で口下手な父が、おまえは小説というものがわかっていないとむきになって言い出したのだ。

「社会的弱者が精一杯生きようとして、生きがいを見いだしたものの、それが報われない。そういう悲しみ、虚しさ、世の中の理不尽さや……」

父はふと目尻を拭い、

「耕作の過酷過ぎる運命に同情するが、俺は美人の母親ふじの人生に涙を禁じ得ないのだ。小説というのはこういうのだ」

小説とはこういうのだと何度も繰り返した父の顔が忘れられない。

再度『或る「小倉日記」伝』を書棚から引っ張りだして、父の言葉をかみしめながら読み返した。

最初はさっと流し読みしただけだったが、今度は丁寧に読み直した。読み進めていくうちに、やがて父の言わんとしていることがよくわかってきた。

そうなると、いままでただの石ころだったのが、俄然《がぜん》輝きを増したように、『或る「小倉日記」伝』が燦然《さんぜん》と輝き出したのだ。それと同時に、小説の面白さもわかるようになった。

すると、清張作品の中でもあまり惹かれなかった作品、たとえば、短編の『西郷札《さいごうさつ》』や『断碑』『石の骨』『真贋の森』などが俄然、面白いものに思えた。

そのことを父に話すと、父は満足そうに笑っていた。清張作品が面白いと言われて満足したというより、京介に小説を読む力が出て来たことを喜んでいたのではないだろうか。

それからは、京介は清張の作品をたくさん読んだ。そして、小説というものが少しわかりかけて来たので、改めて『点と線』から再読したが、一度読んで内容を知っているはずなのに、面白さは変わらなかった。

『ゼロの焦点』など、何度読んだかわからない。そのことを父に話したら、

「俺なんか、ほとんどのものは二度以上読んでいる。中には五、六回読んだものがある」

と、自慢していた。さまざまな心境のときに、それにふさわしい小説を読みたいと思うことがある。そんなときに、飢えた心を満たしてくれる小説は必ず清張作品の中にあ

ったという。

父が病気になってから、京介にこれを読めと言って勧めたのが、『半生の記』だった。小説ではなく、若き日の回想記であるが、京介は夢中で読んだ。清張の貧困時代を綴っているが、その後の清張文学の原点がそこにあったのだとよくわかった。

清張が体験したことが、その後に小説の中で形になって生かされていることがわかる。新聞社の広告部意匠係の勤務の合間に、校正係主任のAさんの影響で、清張は社のいやな空気を逃れるために北九州の遺跡をよく見て回っていた。その頃のことだ。

あるとき大阪から転勤してきた東京商大出の社員が、「君、そんなことをしてなんの役に立つんや？　もっと建設的なことをやったらどないや」と言った。この言葉はかなり私に衝撃だった。

京介はこの箇所を読んだとき、あっ、これは田上《たがみ》耕作と同じだと思った。『或る「小倉日記」伝』の主人公田上耕作は、森鷗外に傾倒し、鷗外が三年間を過ごした小倉時代の日記が散逸していることを知り、鷗外の小倉生活を記録して、失われた日記に代えようと、鷗外のことを調べはじめるのである。

東某という妓楼の亭主は耕作の身体を意地悪く見ただけで、鷗外に関係したことは何も知ってはいなかった。

「そんなことを調べて何になります？」

と、傍らのふじに言いすてただけだった。

そんなことを調べて何になる——彼がふと吐いたこの言葉は耕作の心の深部に突き刺さって残った。

清張が後の小説に挿入したエピソードが『半生の記』にはたびたび出て来る。

父は何度も読み返してぼろぼろになったその本を開いては、小倉に行ってみたい、清張記念館に行ってみたいと、口癖のように言っていた。

今から思えば、たとえ医者に反対されても、思い切って連れて来てあげるのだったと悔やまれてならない。

次は小倉駅だった。座席を立ちかけた。

だが、大塚の顔が脳裏に浮かび、再び腰を下ろした。

京介は気持ちを抑えがたかったが、大塚の手前もある。改めて来ようと自分に言い聞かせ、泣きたい気持ちで小倉駅を過ぎた。

博多駅に着いたのは四時過ぎだった。そこから地下鉄に乗り換え、福岡空港に行った。飛行機は七時以降の出発便に空席がある。夕飯をとれば、時間が潰せると思ったが、ふと川原のある行動を思い出した。

五年前、川原は和布刈神社で人形供養を依頼したあと、いったん小倉の家に帰り、夕方まで眠った。

その翌日は博多に出かけ、『河庄』から西中洲の高級ソープランドに行っている。

川原の行動を辿ってみたかった。その誘惑に負けて、結局、帰りの飛行機は最終便にした。

航空券を購入したあと、京介は地下鉄乗り場に向かった。今からなら、四時間近くある。十分に中洲まで行って来られる。

福岡空港からは数駅だ。

地下鉄の中洲川端駅で下り、中洲を歩いた。

中洲大通りを行く。まだ、陽は沈んでいないので、歓楽街もひとの姿が少ない。やはり、ネオンの明かりに誘われてひとびとが集って来るのだろう。空腹を覚えたので、目についたラーメン屋に入った。

ゆっくりとんこつラーメンを食べてから外に出ると、だいぶ辺りは暗くなっていた。ネオンにも灯が入った。夜の帳《とばり》がおりるとともに、だんだん歓楽街らしい姿になってくる。

クラブやスナックの看板がひしめいているビルがずっと続いている。和服の色っぽい女性が前を歩いている。

黒服の男たちがちらほら見える。客引きか。

途中、黒服の若い男が声をかけて来たので、

「ソープランドに行きたいんだ。どっちですか」

と、訊ねた。

「まっすぐ行って、通りの向うですよ」

若い男はにやにや笑いながら親切に教えてくれた。

京介はソープランド街に足を向けた。ソープランドは中洲一丁目から二丁目にかけてあるという。

通りに出た。国体道路とある。信号が青になって渡る。そして、路地を入っていく。

今まで歩いて来た雑多な雰囲気とまったく異なる一帯だった。ちょっと見にはシックな造りだが、煽情的な匂いを漂わせているような建物が並び、その狭い入口には蝶ネクタイの男が立っている。

向うから中年のサラリーマンふうの男が歩いて来る。蝶ネクタイの男が京介に声をかけてきた。ソープの客に間違えられそうで、急いで路地を曲がると、暗がりに和風の店

があった。

　小さな川に出た。博多川だ。そこに掛かる小橋で立ち止まった。

　川原はときたまここに遊びに来ていたのだろうか。だったら、恋人はいなかったのかもしれない。恋人がいても遊びに来る男はいるかもしれないが、川原には特定の女性はいなかったと思う。それなのに、西名はるかに言い寄られながら、なぜ、気持ちが動かなかったのか。

　彼女の本性に気づいていたので、その気にならなかったのか。やはり、室岡ともみにしか心が動かされなかったのか。

　この界隈には独特な雰囲気がある。ソープの客ではないのに、京介は胸がふるえ、心臓が締めつけられるような切なさを覚えた。やはり、ここは非日常の空間だ。男たちは快楽を求めると同時に異質の世界に逃れたいのか。

　京介は別の路地を通って、中洲川端駅に向かった。

　再び、国体道路を渡る。賑やかな通りにはさらにひとが出て、華やかさが増して来た。人ごみを縫って歩いていると、『蓬萊山亭』の雲形の木看板が目に入った。このチェーン店の発祥地は小倉だと、大塚弁護士から聞いた。

　今の社長は三十歳と若い。先代の社長が急死して、二十五歳で社長になったという。それにしても、急死とは何だろうか。

病死ではなく、事故なのかもしれない。京介にはまったく無縁なひとなのに、なぜか気になる。小倉が発祥ということが脳裏に引っかかっているからか。

あのとき、大塚にそのことを問おうとして、そのままになってしまったのだ。

いったん、気になりだすと、確かめないと落ち着かない。京介は人通りのない道に出ると、携帯を取り出し、大塚弁護士の事務所に電話をかけた。

だが、呼出し音が鳴り続けていた。もう事務所を出たのだろうと、諦めかけたとき、ふいに相手が出た。

「はい。大塚法律事務所」

大塚が直接出た。

「先生、たびたびすみません。鶴見です」

「おう、君ですか」

「今、だいじょうぶですか」

来客中なのだろうと、京介は思った。

「用件だけききましょう」

「はい。『蓬莱山亭』の前の社長が急死したとおっしゃっていましたが、それはいつのことでしょうか」

「『蓬莱山亭』の社長……」

大塚の声が途中で止まった。

京介は不審に思った。

「先生、何か」

「鶴見くん。君は何を考えているのだね」

「えっ？」

逆に問われて、京介は面食らった。

「いえ、別に」

「………」

返事がなかった。

京介が呼びかけようとしたとき、大塚の声が聞こえた。

「前の社長が亡くなったのは五年前です」

「五年前？」

偶然か。川原が窃盗事件を起こしたのも五年前のことだ。

「事故だったのですか」

「殺された」

「殺された……」

一瞬、聞き違えたのかと思った。

「そうです。東京品川区大崎のマンションで殺された」

「いつですか。五年前のいつなのですか」

返事まで間があった。

「もしもし」

切れたのかと思って、京介は呼びかけた。

「一月二十九日です」

「なんですって」

耳元で何かが爆発したように、一切の感覚が麻痺した。そのあとで、どんな会話をして電話を切ったのか京介は記憶になかった。

偶然だ。単なる偶然だ。福岡空港に向かう地下鉄の中で、京介は無意識のうちに呟いていた。

第三章　アリバイ工作

1

翌日の六月二十五日。きょうは土曜日だが、京介は事務所に出た。

ゆうべは、二十一時すぎの飛行機に乗って帰って来た。きのう一日はまったく予定外の行動をとったために、その分をきょうこなさなければならなかった。

抱えている民事の答弁書を書き上げたときは、十二時をまわっていた。

すぐ事務所を出て、昼飯も食べずに、広尾まで行った。都立中央図書館で、新聞の縮刷版を閲覧するのだ。

三十分後、京介は図書館の閲覧室で平成十八年一月の縮刷版を開いた。事件の発生日はわかっているので、目的の記事を探し出すのに手間はかからない。

果たして、その記事はすぐに見つかった。

――蓬莱山株式会社社長、殺される

大きな見出しがいきなり目に飛び込んだ。

京介は食い入るように記事を読んだ。それによると、一月三十日午前、品川区大崎五丁目にある五反田リバーマンション五階の五〇五号室で蓬莱山株式会社社長の日下部《くさかべ》新太郎（五十二歳）の部屋で、日下部新太郎が鈍器で後頭部を殴られて死んでいるのを、訪れた長男が発見したという。

五反田リバーマンションの五〇五号室は、日下部がセカンドハウスとして借りている部屋で、仕事や接待で遅くなったりしたときに泊まっていたらしい。

ちなみに、蓬莱山株式会社の本社は目黒駅から歩いて十分ほどのところにあり、自宅は八王子にある一戸建ての家だった。

前夜から日下部の息子が何度電話をしても出ないのを不審に思って、朝になってリバーマンションを訪ねたところ、応接セットのソファーで日下部が頭から血を流して倒れていたという。

現場はJR五反田駅から歩いて五分ほど、目黒川沿いの十階建てのマンションである。

凶器は細い鈍器で、たとえば木刀のようなものだと傷口から推測された。凶器は発見されていない。

死亡推定時刻は二十九日の午後十一時ごろ。目撃者はいない。

室内は荒されていなかった。ただ、被害者が倒れた際にテーブルから落したのか、灰皿がカーペットに落ちていただけだ。

争った形跡がないというのは、犯人が、不意を襲ったからだろう。顔見知りの可能性が強かった。つまり、当夜、来客があったものと考えられる。

室内に犯人のものと思える指紋は残っていなかった。犯人は自分が触ったところはすべて拭き取ったらしく、ドアのノブも布で拭き取ってあったという。

翌日の新聞の続報では、来客の件を誰も知らなかったという。日下部は家人に、調べ物があるから今夜は五反田に泊まると言っていたのだ。

秘密の客ということで、真っ先に思い浮かぶのは女だが、室内には女の痕跡はなかったという。

その後の記事を探したが、事件の報道はそれきりになっていた。

別の新聞の縮刷版を見ても、記事の内容に大差はなかった。次に、週刊誌の記事を探した。

事件の内容については新聞記事とあまり変わりはないが、日下部の経歴について書いてあった。

蓬萊山株式会社はいくつかのグループを統括している。外食産業部門、高級割烹、衣料品部門などがある。

小倉の大塚弁護士から聞いたように、蓬莱山株式会社は日下部の父新蔵が戦後の小倉で、小さな呑み屋『蓬莱山亭』をはじめたのが出発である。

当時、炭鉱やセメントの採石場で働く男たちが金を落し、米軍のキャンプ地が出来て、その方面の関係者もよくやって来て、商売は繁盛した。やがて、高度経済成長期になって、博多に二号店を出した。これが当たり、やがて全国に展開していった。

バブル期には、若く美しい女性が接待する高級志向の割烹料理屋『蓬莱家』を銀座にオープンした。これが当たり、またたく間に、大阪、名古屋、福岡に店舗を広げて行った。

また、クラブ『ホウライ』も銀座、六本木にオープンした。この高級志向の店を創りあげたのが、二代目の新太郎であった。先代が大衆路線で全国に店舗を広げて、新太郎は高級店で勝負をしていったのである。

新太郎は銀座に店を開くに当たり、当時、銀座の高級クラブのナンバーワンホステスを引き抜き、店長にした。

その強引なやり口に泣かされた人間も多く、今度の事件の動機もそんなところにあるかもしれないと、記事は結んでいた。

京介は週刊誌を閉じ、瞼《まぶた》を揉んだ。目の疲れがとれると、改めて事件のことを考えた。

なぜ、この事件が気になるのか。言うまでもない。被害者が小倉の人間であることだが、一番の要因は、犯行日時である。

日下部新太郎が殺されたのは一月二十九日の午後十一時ごろである。その日は旧暦の大晦日で、門司の和布刈神社では暦が変わってから和布刈神事が行われた。

その同時刻、川原光輝が小倉寿山町にある中嶋電機産業社長宅に窃盗に入っている。

このふたつの事件はまったく無関係だ。殺された日下部新太郎と川原に接点はない。日下部の経歴をみると、日下部は高校まで小倉にいて、東京の大学に進学し、以降、ずっと東京暮しである。

同じ小倉出身といっても、日下部と川原では年齢も違うし、同じ時期に小倉にいたことはない。

このふたつの事件はまったく関連性はないとわかっていながら、京介はなおも引っかかる。

やはり、川原の窃盗事件に腑に落ちない点があるからかもしれない。

川原は、なぜ盗んだ博多人形をすぐに和布刈神社の人形供養に出したのか。盗み出した十時間後に、すなわち翌朝の九時には和布刈神社の社務所に人形を持ち込んでいる。亡き母親の面影をみつけ、わざわざ盗み出したというのに……。

盗んだあとで、供養しようという気になったというわけではないだろう。はじめから、人形供養をするつもりで盗んだとしか思えない。

そうだとすると、また同じ疑問に突き当たる。なぜ、博多人形を盗んだのか。亡き母親の面影をみつけたという理由だけでは納得出来ない。

中嶋社長の宅に忍び込んだのは博多人形を盗むためというのは口実で、じつは目的は他にあったのではないか。

もっと他のものを盗むのが目的だった。そう考えるのが自然かもしれない。しかし、中嶋社長宅の被害は博多人形に現金三十万円ということになっている。

では、中嶋社長が盗まれた事実を隠しているのだろうか。だが、そんなことがあるだろうか。

ともかく、窃盗事件の川原には不可解な点がある。それで、同時刻に起きた日下部新太郎殺しが気になったのだが、ふたつの事件が結びついているとは考えられない。

偶然だと、京介は割り切ろうとした。

図書館を出てから、公園の中を通って、地下鉄の広尾駅に向かう。

ふいに黒い翳が射して、一陣の風が砂埃を巻き上げるように、またも「控訴をしません」という川原の不可解な言葉が蘇った。

死刑判決を受けたことを、川原は天命だと言った。その意味を、川原は説明しようとしない。

川原は何かを隠しているのだ。そのことと、窃盗事件が結びつくのではないか。しかし、日下部新太郎殺しとの関係はみえてこない。

公園の中でひと気のないところに行き、携帯を取り出した。

事務所で契約している調査員の洲本功二の携帯にかけた。

「はい。もしもし」

洲本がすぐ出た。

「鶴見です。すみません。お休みのところを」

「いえ、構いませんよ。なんです？」

営業マンのように腰が低い洲本だが、元は刑事だった。五十前で警察をやめた理由はわからない。上司に楯突《たてつ》いたためとも、事件関係者と不適切な関係にあったとも言われているが、ほんとうの理由はわからない。

「五年前、平成十八年一月二十九日、品川区大崎五丁目にある五反田リバーマンション五階の五〇五号室で蓬莱山株式会社社長の日下部新太郎氏が殺されるという事件がありました。いまだに犯人は捕まっていないようですが、この事件を担当した刑事さんにお会いしたいんです」

「ほう、五年前の事件ですか。大崎署には後輩がいます。さっそく、きいておきましょう」

理由などきかず、あっさり請け負ってくれた。

礼を言い、京介は電話を切った。

洲本から携帯に電話がかかったのは翌日の日曜日だった。

「いいひとがいましたよ。去年、定年退職した下沢啓介《しもざわけいすけ》という元警視庁の刑事さんが五年前の事件の捜査に関わっていたそうです。いま、新橋にある運輸会社で働いています」

きのう、大崎署に顔を出し、後輩にきいたのだという。それで、さっき松戸の自宅に電話をしたらしい。

「ぜひ、紹介してください」

「ええ、そのつもりで、下沢さんには話をしておきました。明日月曜の夜はどうですか。下沢さんは酒好きだそうですから、居酒屋で酒を馳走すればなんでも話してくれると思いますよ」

明日の予定を思い返したが、なにも入っていない。

「結構です。では、時間と場所を洲本さんと下沢さんとで決めていただけますか。私は合わせますので」

京介は逸《はや》る心で言った。

電話を切ったあと、再び携帯が鳴った。

小倉の大塚弁護士からだった。

「先だってはいろいろお世話になりました」

京介は小倉でのことを謝した。

「なあに、たいしたことをしたわけじゃありません。それより、田代くんから話を聞いて来ました」

「ありがとうございます」

大塚はちゃんと約束を守ってくれたのだ。当たり前といえば当たり前のことだが、その当たり前のことが通用しない世の中になっているからこそ、京介は大塚の対応がうれしかった。

「田代くんの話だと、川原は同級生の新堀桐子《きりこ》という女性とつきあっていたらしい。ところが、平成十七年八月に別れたそうだ」

平成十七年八月というと、窃盗事件を起こしたのが平成十八年一月末だから、それより半年ほど前のことだ。

「どういう事情から別れることになったのでしょうか」

「事情はわからないが、川原のほうから別れ話を持ち出したらしい」

「その後、その女性は?」

「数カ月ほどして結婚している。川原と別れ、少し自棄《やけ》気味な気持ちで、結婚に走ったのかもしれないと、田代くんは言っていた」

「川原が別れ話を持ち出したのは、他に好きな女性が出来たからでしょうか」

「いや、そうではないようだ。田代くんが言うには、その年の六月に祖父が亡くなって、川原は情緒が不安定になっていたようだと言っていた」

「祖父が亡くなったあとに、恋人に別れ話ですか……」

その頃から胸に何かを秘めていたのではないかと、京介は考えた。その何かとは、日下部殺しでは……。

考えに飛躍があり過ぎると、自分でも思っている。川原と日下部には何も関係はないのだ。

だが、ふたりには何らかの因縁があったのかもしれない。強引に、その前提に立って考えれば、川原が恋人に別れ話を持ち出した理由がわかる。

日下部殺害を考えて、恋人に迷惑をかけないようにしたのだ。

祖父が亡くなったあと、川原に日下部に対する殺意が芽生えたように思える。ひょっとすると、川原と日下部との関わりではなく、祖父との因縁だったのかもしれない。

京介は電話を切ったあと、そのことを考え続けた。

下沢啓介と会ったのは翌二十七日の夕方だった。

待ち合わせ場所の駅前ビルの地下にある喫茶店に行くと、サラリーマンふうの男たちで席はほぼ埋まっていた。ひとり客もいれば、四人連れもいる。

奥のほうに洲本と下沢らしき男が来ていた。どうやら、ふたりはもう少し早い時間に待ち合わせたらしい。

京介は奥のテーブルに向かった。

下沢は細身の男だが、眉毛が濃く、眼光も鋭いので、すぐに元刑事だとわかった。

「こちら、下沢さんです」

洲本は気さくな様子で、下沢を紹介した。警察をやめた同士で、話が合うのだろうか。

そういえば、京介が入って来たとき、ふたりは和やかに笑っていた。

「弁護士の鶴見です」

お互い、名乗りあったあと、下沢は京介の名刺から顔を上げ、

「弁護士さんには、何度も悔しい思いをさせられましたよ」

せっかく捕まえた被疑者を裁判で無罪にもっていかれたことがあるのか、それとも弁護士の入れ知恵で、取調べがうまくいかなかったことがあるのか。

「すみません」

京介は頭を下げた。

「いやいや、あなたのことではありませんよ」

下沢は笑ったが、笑うと目が細まり、鋭い眼光が隠れ、やさしい面差しになった。

やって来たウエートレスにコーヒーを頼んだ。

「私は去年、定年になって、今はこの近くの運輸会社に勤めているんです」

就職先を警察が斡旋してくれたのだろう。

「下沢さんは、紋別《もんべつ》の出身だそうですよ」

「紋別ですか。私は札幌です」

同じ北海道出身ということで、急に打ち解けた。

「紋別には私の兄貴がいます。両親はもういませんがね。鶴見さんは？」

下沢が身を乗り出してきいた。

「おやじは亡くなりましたが、おふくろがひとりで暮らしています」

「ほう、ひとりで？　それはたいへんですな」

「嫁いだ姉が近くに住んでいるので、ときたま様子を見に行っているようです」

「そう、それなら安心だ」

ぎこちない会話が急にスムースになった。

その後もコーヒーを飲みながら、故郷の話が続いたが、

「そろそろ」

と、京介はふたりに言った。

頷くと、下沢はおしぼりで手を拭いてから立ち上がった。

洲本は居酒屋でと言ったが、そうもいかなかった。それに、他人に聞かれるのも困る。そこで、以前に所長の柏田に連れて行ってもらった小料理屋を思い出し、柏田に相談したのである。柏田は、自ら予約の電話をしてくれた。

洲本にも同席をするように言ったのは、日頃いろいろ調査をしてもらっている礼の意味もあるが、いっしょに話を聞いてもらったほうが、今後調べることが出て来たとき、何かと都合がよいと考えてのことである。

洲本のぶんの飲食代を持つのは京介には痛いが、小倉で大塚弁護士にご馳走になったことを思えば、それで相殺ということだと割り切った。

その店は烏森《からすもり》神社の近くにあった。

狭い階段を上がって二階に行く。そこに、小料理屋の入口があった。

初老の女将が愛想よく迎え、小座敷に通してくれた。

「柏田先生、お元気でいらっしゃいますか」

お通しを持って来た女将がきいた。

「ええ、元気です」

柏田先生はしばらく来ていないのかと、京介は意外に思った。なるほど、しばらく顔を出さずに義理を欠いた格好なので、京介のたのみをもっけの幸いとでも思ったのだろうか。

「また、お出でになるようにおっしゃってくださいな」

下沢も洲本も日本酒がいいというので、最初から冷酒にした。京介だけはウーロン茶である。

刺し身の盛り合わせが届き、下沢も洲本もすぐに箸をつけた。

京介は頃合いを見計らって切り出した。

「下沢さん。五年前の蓬萊山株式会社の社長殺しのことなのですが」

京介が蓬萊山株式会社の名前を出すと、下沢の目が、まさに猟犬のように鋭い光を放った。顔つきまで違う。

「定年になるまでに解決させたいと思っていたが、挙がらなかった」

下沢は無念そうに言う。

「今も見通しは？」

「芳しくない」

下沢は口許を歪めた。

「社長の日下部新太郎は、夜の遅い時間に客を迎えていたのですね」

京介は事件の詳細に触れた。

「そうです。その客が犯行に及んだのです」

「その客が誰だか、誰も知らなかったのですね」

「おそらく、知り合って間もない間柄かもしれない」

下沢は苦い顔で答えた。

「女の可能性もあったのですか」

まっさきに考えつくのは女だろう。

「深夜にマンションに訪ねて来るのは女の可能性もある。風俗の女性だ。デリバリーではないかと思い、その線も捜査しました」

コンパニオンを自宅に派遣する風俗店も多い。そのコンパニオンとトラブルになって、殺されたのではないかというのだ。

「しかし、室内に女の痕跡はなかった。それに、彼には愛人がいた。だから、そんな女を呼ぶ必要はなかったのです」

「愛人ですか」

そうきき返したものの、成長している蓬莱山グループの総帥である。愛人のひとりやふたりいてもおかしくないのかもしれない。

「銀座のホステスです。月島にマンションを買い与えていた。週に一度の割りで、泊まりに行っている」

「では、大崎の部屋に女を呼び入れることはなかったんですね」

京介は確かめた。

「そう。あくまでも社長が仕事関連で使っていただけのようだった。めったに、客も呼ばなかったそうです」

「すると、犯人はよほどの関係だったのでしょうか」

「そうなるでしょうな」

「日下部社長の愛人は何も聞かされていなかったのですか」

「まったく知らなかった。じつは、この愛人のことは日下部の息子も知っていたのです。だから、信用していいようだった」

「容疑者はいたのですか」

いよいよ、肝心なことに話を向けた。

「蓬莱山を首になった従業員や、ライバル企業など、少しでも関わりがありそうな人間には聞き込みをかけ、またアリバイの調査もした。全員、アリバイがあった」

アリバイと聞いて、京介は胸が騒いだ。

アリバイといえば、川原には完璧なアリバイがある。日下部新太郎が殺された時刻、小倉の中嶋社長の邸に忍び込んでいたのだ。

だから、絶対に川原が犯人ではありえない。それに、動機も不明だ。にも拘わらず、京介は気になってならないのだ。

「その容疑者の中に、川原光輝という男はいませんでしたか」

「川原光輝……」

下沢は小首を傾げた。

「いや、そんな名前の容疑者はいなかったようだ」

「そうですか」

やはり、取り越し苦労だったかもしれないと、京介は思った。

いつの間にか、川原が日下部新太郎を殺し、そのアリバイ工作に花嫁人形を盗んだのではないかと考えていたのだ。

「待てよ」

下沢が額に手を当てた。

その顔つきに、京介の心臓の鼓動が乱れた。何か重大なことを口にしそうな予感がした。

「そうだ。思い出した」

額から手を離し、下沢が顔を向けた。

「じつは、就職の件で、社長宛に電話をかけ、取り次いでもらえないと、今度は、社から出てくる社長を待ち伏せして直談判した男がいたんです。その場に居合わせた秘書が、

「小倉の川原という男だと話していました」

思い出したことに満足したように頷きながら、下沢は答えた。

間違いない。小倉の川原とは川原光輝のことだ。川原はやはり日下部に接触を図っていたのだ。

「秘書からそんな男がいたと聞き、小倉北警察署に調べてもらったところ、川原は窃盗容疑で拘置所にいるという返事だった。だから、すぐ容疑者から外れた」

小倉の警察に逮捕されたことを聞かされ、深く疑うことはなかったのだ。犯行が同じ時間帯だったのはまったくの偶然と考えたのであろう。

だが、京介は衝撃を受けていた。同じ小倉出身というだけで何の関係もないと思っていた日下部と川原に接点があったのだ。

会社から出て来るのを待ち伏せ、川原は就職の件で日下部社長に直談判をしたという。そのときはじめて日下部と縁が出来たというより、それ以前から、日下部のことを知っていたようだ。

「どうしたんです」

下沢が、黙りこくった京介を不思議そうに見た。

「今、話に出た川原という男の弁護を担当しているんです」

京介は正直に打ち明けた。

「川原の……？」

下沢は猪口を口に持って行くのをやめて、

「なにか、蓬莱山の社長殺しと関係があるのですか」

と、険しい顔できいた。

「いえ、そうではありません。ただ……」

「ただ、なんですか」

下沢は食らいついてきた。

「同じ日の同じ時刻に、小倉と東京で事件が発生した。一方は窃盗で、もう一方は殺人……」

「あなたは、川原が社長を殺したと考えたのですか」

下沢は鋭く迫った。もう、完璧に刑事の顔になっている。

「いいえ、明確な考えがあってのことではありません」

京介はあわてて言い、

「なぜ、川原は蓬莱山株式会社に入りたかったのでしょう。小倉にいた頃、川原は中嶋電機産業という会社に勤めていたんです。東京に出たかったのでしょうか」

「川原は高校を卒業したあと、蓬莱山の就職試験を受けたそうです。ところが、面接で不採用になった。もう一度、挑戦したいと思ったということでした」

下沢は記憶を手繰《たぐ》って言う。

「それほど、蓬萊山に入りたかったというのでしょうか」

「女に恋するように、蓬萊山に恋をしたのかもしれない」

「そうですね」

京介は考え込んだ。なぜ、それほど、蓬萊山に執着したのか。

「無理ですよ」

いきなり、下沢が言った。

「えっ？」

「川原に社長殺しは無理です。あなたがおっしゃったように、同じ日の同じ時刻に別の場所で犯罪は行えませんからね」

下沢はあざ笑うように言った。

「それは、そうなのですが」

京介は力のない声で応えたが、内心では川原への疑惑を強めていた。

もし川原が死刑判決を不服として控訴しようとしたのなら、日下部殺しの件と結びつけることはなかっただろう。

死刑を天命だとして受け入れようとする川原の不可解さから、はじめて見えて来た疑惑なのだ。

2

六月二十八日火曜日。判決から八日目。控訴申立期間の残りはきょうを含め、あと七日である。

朝五時半にラジオから音楽が流れて来て起床。また、いつもと同じ一日がはじまる。規則正しく、何の刺激もない一日だ。

だが、死刑宣告を素直に受け入れてから、同じような退屈な毎日がとても貴重に思えた。決まったように夜が来て、当たり前のように朝を迎える。そのことが、ありがたいとさえ思った。

ただ、きのうの夜もうなされた。二日続けて同じ夢を見た。真っ暗闇の中を彷徨っている夢だ。ようやく、僅かな明かりを見つけて向かってみると、その明かりの先にさらなる闇が広がっていた。なぜ、あんな夢を見たのだろうか。

死への恐怖か。違う、そんなのではないと、光輝は夢のことを忘れようとした。

食事のあと、光輝は、小窓の外を覗いた。きょうも朝からどんよりした空模様だった。

廊下に靴音がする。看守の見廻りだ。

足音が去ってから壁に寄り掛かり、光輝は膝を抱いて目を閉じた。未来のない光輝には、過去の思い出しかなかった。

それも、ほとんどは祖父とのことだ。

中学生になってしばらく経った、ある夜のことだった。久しぶりに気持ち良さそうに酔った祖父は自分の父親の話をした。中学の入学式のあとで墓参りしたが、その墓の前で、いつか話すと言っていた、光輝には曾祖父に当たる虎蔵というひとのことだ。

虎蔵は明治二十四年（一八九一）に若松に生まれた。無法松こと松五郎と同じ人力車夫だったという。車夫になったのが二十九歳のときで、それまでは若松で暮らしていた。

筑豊というのは福岡県の中央部から北部にかけての飯塚市、直方《のおがた》市、田川市などの地域であるが、この一帯は明治政府の振興によって炭鉱の発掘が進められていた。

虎蔵が十歳になった明治三十四年に八幡製鉄所が創業し、石炭の需要が増して、生産量が増大したのである。

筑豊炭田から掘り出された石炭は、川船で遠賀川を下り、さらに支流である堀川運河を通って若松に運ばれて来た。

若松港は石炭の集積で活気があり、虎蔵は十五歳のときから若松港で石炭を船に積み込む沖仲仕の仕事をしていた。ところが、二十九歳のときに隣町の小倉に移って人力車夫になっている。

なぜ、虎蔵が若松から離れたのか。そのわけはわからない。小倉は城下町だが、荒くれた気風は若松と大差なかったようだ。その点では、虎蔵にとっても住みやすい町だったのだろう。

遠賀川の川筋で立ち働く者たちは気性が荒く、猥雑な生活をしていた。そういうところで生まれ育った虎蔵もやはり荒い気性で、体が大きく、力も強かったという。眉毛が濃く、髭の剃りあとが青々としてよい男だったらしい。

川筋者《かわすじもん》にとって、楽しみは酒と女、それに博打だろう。祖父の話によると、虎蔵は博打場で何か問題を起こしたのか、あるいは沖仲仕の元締めの親分を何らかの理由で怒らせてしまったのか。

川筋者の中で才覚ある者が、石炭の積み出しをする男たちをまとめあげ、その人望と相俟って、やがてやくざの親分になっていったという。その親分から睨まれたら、若松にはいられなくなるはずだ。

いずれにしろ、若松から逃げるようにして小倉に移ったのだと、祖父は言った。

そして、小倉の古船場町に居を求めた。ここには貧しい行商人や労働者たちが多く住んでいた。虎蔵はそこに住み、人力車夫になったのだ。

「おれんおやじはよく第十二師団ん軍医どんば人力車に乗せたそーや。光輝、わかるか。軍医だぞ」

祖父は軍医を強調した。

そのときは、光輝も祖父が何を言おうとしているのかわからなかったが、その後、学校の授業で、先生から森鷗外の話を聞いた。

明治八年に、歩兵第十四連隊が小倉に設置された。その後、明治三十一年に小倉、大分、久留米、佐賀の各連隊などから第十二師団が生まれ、その司令部庁舎が本丸跡に建てられた。

第十二師団の軍医どのというのは、森鷗外のことだったのだ。

森鷗外は第十二師団の軍医部長として明治三十二年から約三年間小倉に住んだ。文豪の森鷗外を人力車に乗せたと自慢したかったのだろうか。

だが、すぐおかしいと気づいた。森鷗外が小倉にやって来たのは明治三十二年だ。明治二十四年生まれの虎蔵はまだ八歳。

祖父は、光輝に虎蔵の自慢をしたくて、そんな作り話をしたのか、あるいは、森鷗外のことを言ったわけではなく、軍医という地位のひとが立派に思えたから自慢しただけなのか。

その後、その話題が出たことはなく、うやむやのまま終わってしまった。

ただ、祖父の話には誇張があるのだということはわかった。

光輝が高校に上がる頃、祖父はすでに七十歳を超えていた。しかし、自慢の体力は健在で、老いを感じさせなかった。

ただ、ふとひとりで酒を呑んでいる後ろ姿が寂しそうに感じられるようになった。それまでの豪快な呑みっ振りが影を潜め、味わうような呑み方に変わっていた。

そんなある日、祖父は自分が生まれたときのことを話しだした。

祖父為三が生まれた大正十年（一九二一）、当時虎蔵は三十歳だった。若松から小倉の古船場町に移って二年目のことだった。

古船場町の木賃宿には旅芸人たちもよくやって来た。

その旅芸人の三味線弾きで民子という女がいた。二十代半ばで、流し目の色っぽい女だった。その女と虎蔵は恋仲になったという。

民子を孕《はら》ませ、木賃宿で生まれたのが祖父だという。なぜ、民子が木賃宿で産まなければならなかったのか、光輝にはよく理解出来なかった。

旅芸人ならまた旅に出ているはずだ。ずっと木賃宿に泊まっていたのか、それとも十《と》月十日《つきとおか》後に小倉の古船場町に舞い戻り、木賃宿に泊まっていて産気づいたということか。

祖父は、どういうわけか、底辺の暮しをしていたことや、貧しいひとびとと交流があったことを自慢する。決して自虐的になっているわけではない。木賃宿で生まれたことも、自分にとっては輝かしい経歴なのだ。

だから、ほんとうに木賃宿で生まれたのかは定かではない。ただ、古船場町で生まれたのは間違いないようだ。

民子は芸人をやめて虎蔵といっしょに暮らすようになった。古船場町の傾きかけた狭い借家で、家族三人の貧しい暮しがはじまった。

虎蔵にとって、それからの数年間がもっとも幸せな時期だったのだろう。

だが、その幸福は長続きしなかった。

祖父が六歳のとき、母親の民子が家を出たという。ある日の朝、母の姿がなく、虎蔵は朝から酒を呑んでいた。

なぜ、民子がそんな真似をしたのか。想像するに、虎蔵の酒癖の悪さか。酔っては民子を殴るなどのひどい仕打ちをしたのではないか。あるいは、博打で借金を背負った虎蔵に愛想を尽かしたのか。

母のことをきいても、虎蔵は何も答えなかった。

だが、やがて、いろいろな噂が祖父の耳に入って来た。虎蔵は自分の女房を遊廓に売り飛ばしたのだと。いや、そうではない。賭博に負け、借金の形にとられたのだと。自分の女房をかけて勝負に出て負けて女房をとられたのだという者さえいた。

そのことを持ち出してきいても、虎蔵は何も答えなかった。だが、何度目かのとき、ぽつりと言った。

「おっかしゃんな、いつでんきれいな着物ば着て、いつでんうまかあもんば食べて暮らしとる」

「居場所を知っているのかい」

祖父はきいた。

「知らん」

虎蔵はかたくなに口を閉ざした。

八歳になってから、祖父は母が恋しくなって、方々探して歩いたらしい。門司のほうに似た女がいると風の便りに聞けばそこまで行き、八幡にいるらしいと聞けば、また出かけ、ときには呑み屋街や遊廓まで足を踏み入れたという。

帰り道がわからなくなり、迷子になって、巡査に送って来てもらったことも一度や二度ではなかった。

「ありゃ、俺の十歳んっちきやった」

酒に酔った祖父が急にしんみりと語り出したことがあった。

「夏の蒸し暑い日だった。夜になっても、気温が下がらん。おやじは夜遅くなっても帰って来なかったとよ。俺は飯ば作っち待っていたが、空腹に勝てず、先に食べた。ときたま、外に出てみたが、帰っち来る気配はなかったとよ」

祖父は何度か湯呑みに注いだ酒を呷《あお》った。

「真夜中のことだ。誰かがうちにやって来た。おやじん仲間んひとりだった。為三、おまえのおやじが大怪我ばしてから、病院に担ぎ込まれた。いっしょに来い。そう言ったので、俺はあわてて病院まで走ったとよ。駆けつけたとき、おやじは虫の息だった。だが、俺がやって来たのがわかったげな。俺が顔ば近づけると、かっと目ば見開いたんやけん。そいで、何か言おうとして唇ば動かしたばい。俺はおやじん口許に耳ば持っていったとよ」

「なんて言ったの？」

光輝は身を乗り出した。

「おやじは苦しか息ん下で、こう言ったとよ。おっかしゃんはもう死んでいるとよ。探してからも無駄やけん」

意識が混濁して、意味不明のことを口走っていたのに、その言葉だけははっきり聞こえたのだ。

なぜ、母が死んだのか、祖父は子ども心に、ある不吉な想像をしたという。だが、どんな想像だったのか、祖父は光輝に語ろうとしなかった。

やがて、虎蔵は息を引き取った。

虎蔵は博打のいざこざに巻き込まれ、やくざに刃物で腹を刺されたのだという話を、聞いた。そのやくざは数日後に自首して出たらしい。

祖父は近所のひとの助けを得て虎蔵の葬儀を済ませた。祖父は十歳で天涯孤独になった。だが、人情に厚い古船場町のひとたちの支えで、祖父はどうにかひとりで生きていけたのだ。

足音が扉の前で止まって、光輝はふいに現実に引き戻された。

鍵の外れる音がして、扉が開いた。

「川原、出なさい」

背筋を伸ばした看守が呼んだ。

光輝は部屋を出た。

面会室に行くと、鶴見弁護士が待っていた。光輝は後ろめたい気持ちになって、椅子に腰を下ろした。

鶴見弁護士は自分と同い年だというが、ずっと若く見えた。見かけは頼りなさそうだが、熱意は伝わってくる。

弁護士としての技量も悪くないと思う。一審で有罪判決が出たのも鶴見弁護士が悪いわけではない。

ただ、もっと西名はるかの人間性を抉《えぐ》りだせたらよかったとは思うが、それも諸刃《もろは》の剣だということは光輝にもわかった。死人に口なしで、被害者を中傷して、有利に裁判を導こうとしていると、裁判官や裁判員に思われかねない。

「川原さん」

鶴見弁護士が生真面目な顔で呼びかけた。

あと六日を残す控訴申立期間。それまでに、何度同じ答えを言わなければならないか。先生、控訴はしません。光輝の返事は決まっていた。

だが、きょうの鶴見弁護士の言葉はいつもと違った。

「あなたは、蓬萊山株式会社の前社長の日下部新太郎氏をご存じですか」

来たか、と光輝は下腹に力を込めた。やはり、この弁護士は並みの男ではないと目を見張る思いだった。

「知っています。小倉にも『蓬萊山亭』という居酒屋がありますし、初代の社長は小倉出身ですから」

相手がどこまで探っているのか、光輝は用心深く答える。

「あなたは、東京に行き、日下部社長に面会を求めたそうですね」

鶴見弁護士はなおもきいて来る。

「同郷の誼《よし》みで、就職の世話をしてもらえないかと思ったのです」

「面識はあったのですか」

「いえ、ありません」

「では、どうして？」

畳みかけてくる感じだった。

「ですから、同郷の誼みを期待したのです。じつは、蓬萊山には高校を卒業したあと、入社試験を受けたのです。筆記試験は受かったのに最後の面接で落ちました。あとから事情を知ったところでは、祖父とふたりきりという家庭環境が問題だったということでした。その祖父も亡くなったので、もう一度、入社試験を受けさせてもらえないかと思ったのです」

「そんなにまで入りたかったのですか」

疑い深そうな目で、鶴見弁護士は追及してくる。

「小倉から出発して大きく発展していったことにとても興味を持っていましたので」

「あなたは、中嶋電機産業に勤めていましたね。それなのに、どうして？」

「東京に出たかったのです」

光輝は口調を変え、

「先生、何度、来られても、私の気持ちは変わりません。どうぞ、お引き取りください」

光輝はこの話題から早く離れたかったので、あえて冷たい言い方をした。

「控訴期限まで、あと六日です。私は最後まで諦めません」

鶴見弁護士はまるで光輝に挑むように言った。光輝は気づかれないようにそっとため息をついた。

しばらく、間を置いてから、

「日下部社長が殺されたことはご存じですか」

と、鶴見がきいた。

とうとうそのことを持ち出してきたかと驚きながら、光輝は答えた。

「小倉の拘置所にいるときに知りました」

鶴見弁護士はなぜ、この事件に着目したのだろうか。博多人形を盗んだと同じ時刻に犯行が行われたことを考えれば、光輝が殺人事件に絡んでいるとは思わないはずだが……。

「その事件で、東京の警察があなたのことを調べようとしたそうです。あなたは、そのことを知っていましたか」

「いえ」

一呼吸置いて、光輝は答えた。

「そうですか」

鶴見弁護士は指先で眉の上をかきながら、何かを考えていた。が、ふいに顔を上げ、

「もし、あなたが中嶋電機産業の社長宅に忍び込んでいなかったら、きっとあなたは東京の警察からいろいろ事情をきかれたことでしょうね」

「………」

いったい、この弁護士は何を考えているのか。

「川原さん」

鶴見弁護士はじっと川原を見つめた。

「あなたに何があったのかわかりません。天命というのが、何を指しているのか、私にはわかりません。でも、あなたは間違っています。無実の罪で……」

光輝は相手の言葉を遮った。

「先生。何度も口にしていることですが、運命に逆らいたくないんです。それに……」

光輝は言いよどんだが、すぐ気を取り直して、

「古山さんには奥さんとお子さんがいるのでしょう。私の無実の闘いの結果、古山さんの家族に迷惑がかかってしまうかもしれません。この事件で、一番悪いのは男の心を弄んだ西名はるかだと思います。そして一番の犠牲者は古山さんの家族です。このうえ、夫や父親が殺人犯だとしたら、奥さんや子どもたちはどうしたらいいのでしょうか」

「あなたこそ、一番の犠牲者じゃありませんか」

確かに、自分もはるかの犠牲者だ。だが、光輝はそのことを甘んじて受けなければならない立場なのだ。

自分はひとりぼっちだ。自分が死んでも泣いてくれる身内がいるわけではない。良心の呵責に耐えながら生きていても、それは生きているとはいえない。

「また、来ましょう」

いきなり、鶴見は接見を切り上げた。

これ以上、話しても無駄だと思ったのだろう。

光輝は、心の内で詫びた。

3

接見を終え、京介は東京拘置所の門を出た。長い塀をまわり、綾瀬駅に向かった。きょうも、川原の態度は変わらなかった。

だが、きょうの目的は蓬萊山グループの社長殺しを彼に告げて反応を見ることだった。結果は、古山の話を自分から持ち出すなど、川原の態度はいつもと微妙に違ったような気がする。

やはり、蓬萊山株式会社の社長殺しを調べてみる価値はありそうだ。同日の同時刻に小倉と東京で、川原が窃盗と殺人をすることは不可能だ。だから、何らかの工作があったのだろう。

そのことは、またあとで考えればよい。問題は、動機だ。なぜ、川原は日下部社長を殺さねばならなかったのか。

それを、いま調査員の洲本が調べているところだ。

だが、それと、川原を無罪にするということは別のことだった。仮に控訴審がはじまった場合、どのような弁護が可能か。

京介は千代田線で西日暮里に出て、そこからＪＲに乗り換え品川まで行った。

一審で証言台に立った室岡ともみの、先入観で凝り固まった考えを打ち砕くことが先決かもしれないと思い、京介は彼女と会う約束をとりつけていたのだ。

品川駅の改札を出て、第一京浜を渡って坂道を上がったところにあるホテルのロビーに入った。

彼女がこの場所を指定したのは、通勤途上にあるホテルだからだ。

早く着き過ぎたので、京介はロビーのソファーに腰を下ろした。結婚式があったのか、正装の男女が数人、奥のエレベーターから出て来た。手に引き出物のような紙袋を提げている。

京介はこれから会うともみのことを考えた。地味だが、彼女には控え目な美しさがあった。川原が好意を寄せたのもわかる気がする。

回転ドアから、若い女が入って来た。ともみだ。京介はすぐ立ち上がった。

京介が近づいていくと、彼女も気づいた。

「お呼び立てしてすみません」

京介は時間を作ってもらった礼を述べた。何度か電話で申し入れをして、やっと承諾にこぎつけたのだ。

「いえ」

彼女は言葉少なく、硬い表情で答えた。

「では、あちらで」

京介は喫茶室に誘った。

彼女は黙ってついて来た。

ウエイターに奥のテーブルに案内され、京介がコーヒーを頼むと、彼女も同じものと言った。

「お忙しいところを、申し訳ありません」

改めて、京介は頭を下げた。

「すでにご存じかと思いますが、川原光輝に死刑判決がくだされました」

微かに息を呑む気配が伝わって来た。

顔色を窺うように彼女を見つめて、

「川原にとってはとても残念な、いや残酷な結果になりました」

と、京介は言った。

何か言いたそうに、彼女は顔を上げたが、すぐ俯いた。

「裁判でもお訊ねしたことですが、あなたはほんとうに川原の気持ちに気づいていなかったのですか」

「そんなこと……」

そんなこととは何か、彼女が何を言おうとしたのか。そのとき、コーヒーが運ばれて来たので、彼女は口をつぐんだのだ。

ウエイターが去っても、彼女は目の前に置かれたコーヒーカップに視線を落したままだった。

しばらく、息苦しい沈黙が続いた。

「あなたは、川原の気持ちにまったく気づいていなかったのですか」

京介はもう一度きいた。

「はい」

「思い出してみてください。川原の態度を？」

「そんなこと言われても、わかりません」

ともみは困惑したように言う。

「川原があなたに好意を持っていたことは事実です。だが、それをあなたに対して口に出来なかった。派遣社員の身であることもあったかもしれない。だが、そんな川原の気持ちを見抜いた人間がいる。西名はるかさんです。どうですか。振り返ってみて、彼女の言動に思い当たることはありませんか」

「ありません」

「室岡さん。あなたは西名さんの恋愛観を聞いているのでしょう。どんな男でも落せると自慢してはいませんでしたか」

京介は身を乗り出してきいた。

「いいえ、彼女はそんな傲慢な女性ではありません」

ともみはつれなく言う。

「あなたは川原さんの気持ちに気づいていなかったのでしょうが、西名さんは気がついていたんです。自分ではなく、あなたに惹かれていることが、彼女のプライドを……」

「やめてください。死んだひとを悪く言うのは」

ともみは睨むような目を向けて、

「お願いです。私につきまとっても無駄です。どうぞ、そっとしておいてください」

ともみは財布を取り出した。自分のコーヒー代を置いて、もう帰るつもりなのだ。

「城崎商事の古山達彦氏をご存じですか」

「古山さん？」

「西名さんから、古山さんの話を聞いたことはありませんか」

「どうして、古山さんのことを？」

その質問には答えず、

「古山さんが自殺したことをご存じですか」

と、京介はきいた。

「自殺？　古山さんは自殺だったのですか」

「知らなかったのですか」

「事故死だとしか聞いていません。私たちは、はるかと課長とのことでショックを受けていましたから、得意先の会社のひとのことまで気がまわりませんでした」

彼女は予期した以上の反応を見せた。

だいぶ、混乱しているようだった。やはり、彼女は古山とはるかの関係を知っていたのではないか。

「古山さんが離婚することになっていたのをご存じでしたか」

「えっ、離婚？」

「古山さんのほうから一方的に奥さんに宣告したそうです」

「………」

「離婚の原因はなんだと思いますか」

口をつぐんだまま、彼女は首を横に振った。

「私は西名さんだと思っています」

彼女ははっとしたように顔を上げ、抗議するように鋭い目を向けた。かまわず、京介は続けた。

「西名さんは古山さんとつきあっていたんです。ところが、奥さんと別れる決心をしたとたん、古山さんに興味をなくした。西名さんは、そういうひとではなかったのですか」

「あまりな言い方だと思います」

彼女の声が震えた。

「すみません。もう、そんな話をききたくありません」

財布からコーヒー代を出してテーブルに置き、

「失礼します」

と、立ち上がった。

「川原光輝は控訴しないと言うんです。死刑宣告を受け入れると……」

彼女の表情が強張った。

「彼は無実の罪で死刑になるんです」

「そんなこと、私には……」

私には関係ないと言おうとしたのか。

だが、そのまま彼女は去っていった。

京介は呆然と彼女を見送った。

自分の説得力に問題があるのか、それとも、ともみは最後まで西名はるかの名誉を守ろうとしているのか、京介にはわからなかった。

だが、ともみは不機嫌そうに引き上げてしまった。無駄だと思って追いかけなかったが、彼女に何らかの刺激を与えたことは確かだ。彼女の心に何らかの変化が生じることを期待するしかなかった。

あとは、古山達彦の奥さんだが、こちらはともみ以上に難しいと思われた。

4

その夜。消灯時間になって、廊下の灯も消えた。看守の靴音だけが響いている。

横になったが、光輝は何度も寝返りを打った。昼間やって来た鶴見弁護士の言葉が脳裏に焼きついている。

あなたは、蓬萊山株式会社の前社長の日下部新太郎氏をご存じですか。その質問の真意がどこにあるのか。さらに、鶴見弁護士は日下部社長が殺されたことを口にした。いったい、何が言いたかったのか。

日下部社長が殺された時刻、光輝が小倉にいたことは当然、鶴見弁護士は知っているはずだ。それなのに、何を疑っているのか。

鶴見弁護士は、光輝が控訴しない理由を見つけようとしているようだ。それを見つければ、気持ちが変わると思っているのか。

だが、光輝の気持ちは固まっている。早く、じいちゃんのいるあの世に行く。そして、じいちゃんといっしょに昔のように暮らすのだ。

祖父が死んだとき、光輝は自分の人生も終わったと思った。それだけ、祖父の死の衝撃は大きかった。

祖父は頑丈で強い心の持ち主だった。無教養で、乱暴者だったが、なにをやるにしても一本、筋が通っていた。

そんな祖父に育てられながら、光輝は繊細な子だった。自分には祖父がついている。そう思うだけで、学校でのいじめや社会の理不尽さにもめげることはなかった。祖父は無学だった自分の苦労を孫にはさせまいと思っていた。そんな思いを受けとめて、勉強に励んだ。

優秀な成績で高校を卒業後、光輝は全国に飲食店を展開する蓬萊山株式会社に就職しようとした。

初代の日下部新蔵は裸一貫で、小倉で『蓬萊山亭』を開店し、それからどんどん事業を展開し、全国規模の居酒屋チェーンに成長させ、高級店にも進出していった。蓬萊山株式会社は躍進企業であり、憧れであった。

日下部新蔵は小倉の産んだ成功者のひとりである。光輝は、その会社を就職先に選んだのだ。

一次の筆記試験は上位の成績で通り、二次も受かり、あとは面接だけになった。高校の担任の教師も、もうほぼ間違いないと喜んでくれた。だが、結果は不採用だった。担任が人事部に問い合わせ、やっとき出した不採用の理由は、祖父とふたり暮しという家庭環境に問題があったということだった。

結果を知ると、祖父はしばらく考え込んでいたが、ふと呟くように言った。

「よかったとよ。光輝が東京に行かんで」

しかし、光輝は東京に行くつもりはなかった。『蓬萊山亭』でも高級割烹の『蓬萊家』でも、小倉にある店で働く希望を持っていたのだ。

蓬萊山を諦め、中嶋電機産業に就職が決まったとき、祖父は喜びを嚙みしめるようにひとりで酒を呑んでいた。

祖父に会いたい。いまの望みは、早くあの世へ行き、祖父に会うことだ。そのことが、もうじき実現する。祖父に会ったら、まっさきに伝えたいことがある。

どこかの房からうめき声が聞こえた。うなされているのだ。殺した相手が夢に出て来たのかもしれない。

一度、祖父がうなされていたことがあった。あれは、祖父の父虎蔵が殺された話を光輝にした日の夜だった。

次の日の夜、酒を呑みはじめた祖父に光輝はきいた。

「きのう、うなされていたよ」

「夢ば見た」

ぽつりと、祖父は呟いた。

「どんな夢？」

「うむ……」

祖父は言おうとしなかった。

虎蔵が殺されたときの夢だろうか。いや、祖父はそのことなら光輝に話してくれた。もっと別な夢だ。

ひょっとして、母親のことではないかと、光輝は想像した。

虎蔵が祖父に言った「おっかしゃんはもう死んでいるとよ。探してからも無駄やけん」という言葉の意味を考えてみた。

虎蔵は民子の行方を知っていたのだ。だが、祖父にそのことを黙っていた。死ぬ間際になって打ち明けたのである。

祖父が死んでいるという言葉を素直に信じ、母親を探すことを諦めたとは思えない。祖父は、虎蔵の葬儀が済んでから、よけいに母の行方を探したのではなかったか。

母親のことが、うなされた原因ではないのか。

それから、数日後、光輝は酒を呑んでいる祖父にきいた。

「おかあさんのこと、わかったの?」

すると、祖父は急に悲しげな表情になった。

「わかったとよ。俺は、おやじが死んだあと、おふくろば懸命に探したけんな」

祖父は湯呑みの酒をいっきに呑みほした。

「俺は、おふくろに会いたかった。六歳のときの記憶しかないが、そいは婀娜《あだ》っぽいきれいなひとだった。そんでから、おやじん葬式の済んでからおふくろんこつば調べたとよ。そいで、なして、おふくろが家出ばしたのか、わかった」

いつも、祖父が昔のことを語るのは酔ったときである。ぽつりぽつりと思い出しながら、そして考えながら話すのである。

そのときの祖父の赤ら顔は泣いているようにも見えた。

「なぜ、家出したの」

光輝は固唾《かたず》をのんで祖父の顔を見つめた。

祖父は縁《ふち》の欠けた湯呑みを持ち直して、酒を喉に流し込んでから自嘲気味に言った。

「流れ者の男と駆け落ちしたのさ」

「駆け落ち?」

「そうさ。おふくろはおやじと俺ば捨てて他ん男に走ったんだ」

祖父はやりきれないように言った。

「じゃあ、曾祖父《ひいじい》さんは、そのことを知っていたんだね」

子どもだった祖父があっさり調べることが出来たのだから、虎蔵も当然気づいていたはずだ。

「知っていた」

またも、苦い顔で、祖父は酒を呑んだ。

虎蔵はよその男と駆け落ちした民子を追いかけたのだろうか。そのことをきこうとする前に、祖父が言った。

「おふくろは家出の半年後に博多湾に身ば投げたとよ。釣り人が死体が浮いているんば見つけたとよ」

「自殺？」

「そうだ。おふくろは家出してから、早い時期に死んでいたとよ」

「相手の男は？」

「…………」

祖父は俯いたままでしゃべろうとしなかった。

光輝は、男もまた死んでいたのではないかと思った。

祖父はそのとき十歳。まだ、少年の頭で、どこまで考えられたであろうか。自殺だとしたら、その理由は何か。祖父はそこまで調べたのだろう。

「じいちゃんのおかあさんは、小倉を出てから死ぬまでの半年間、どこで何をやっていたの？」

光輝は一膝乗り出した。

「おふくろは博多の呑み屋で働いて、店ん近くん借家に住んでいたとよ。男といっしょやった。俺とおやじば捨てて、逃げた男とな」

祖父は母親に捨てられたことが悲しいのか、泣きそうな声になった。

「おやじがどういう手づるでおふくろば見つけ出したのかわからんばい。ただ、おやじは若松の沖仲仕の仲間などに声ばかけとった。そん誰かの見つけ、おやじに知らせたのだと思うとよ。おふくろが住んでいた家ん近所んひとにきいたが、ある日、体の大きな男がやって来て、おふくろと男に殴る蹴るの乱暴ば働いたそうやけん。殴り込んで来た男は警察が来る前に逃げたげな。それがおやじだろう。おふくろは、警察におやじん名は出さなかったようだ。情夫が口にしたが、おふくろは否定したばい。おやじが捕まれば、俺が路頭に迷うと考えたのかどうか。ともかく、おやじばかばったようだ」

「で、おかあさんは？」

「おふくろの情夫だった男は足が曲がり、満足に歩けなか体になってしまった。おやじのことを警察に言う、言わないでもめたこともあり、ふたりん関係はぎくしゃくしたばい。そいから、ちょこっとの間してから、夜の博多湾に飛び込んだっちゅうこつやけん」

「…………」

「おやじは博打んいざこざで殺されたんじゃなか。地元のやくざの親分ともめて、子分がおやじば殺したって噂やけん」

悲惨な話に、光輝は息を呑むしかなかった。

十歳で祖父は天涯孤独の身になったが、古船場のひとたちの手助けで、たくましく生きて来た。その中でも、祖父に援助の手を差し伸べたのが、若松に住む石山丑松《いしやまうしまつ》という男だった。

石山丑松は虎蔵と親しくしていた男で、祖父は丑松に誘われ、石炭の町の若松で「ごんぞう」と呼ばれた石炭荷役をするようになったという。ところが、鉄道の発達によって川船の輸送が廃止になった。

しかし、昭和十三年（一九三八）、小倉炭鉱で採炭事業が再開した。祖父はこの炭鉱で、丑松といっしょに働きだした。

祖父は丑松にはずいぶん世話になったらしい。虎蔵に世話になったぶんの礼だと、丑松は言っていたという。

だが、二年後。落盤事故が起こり、三十名の坑夫が犠牲になった。その中に、丑松がいた。たまたま、祖父は入口付近にいたため、脱出出来たのだ。しかし、足に怪我を負った。このために、徴兵を免れたのだ。

この丑松の名は、広寿山福聚寺にある慰霊塔に名が刻まれている。

戦時中、祖父は小倉陸軍造兵廠で働きはじめた。そこで、兵器を造っていたのである。この小倉陸軍造兵廠があるために、米軍は広島に続いての原子爆弾の投下目標を小倉に定めていたが、昭和二十年八月九日の天候により、急遽長崎に目標を変えたと言われている。もし、小倉に原爆が落されていたら、祖父の生命はその時点で断たれ、いまの光輝もこの世に存在しなかったことになる。

戦後、祖父は脚の怪我も回復し、再び小倉炭鉱で働き出した。が、昭和三十年代に入ると、石炭から石油へというエネルギー革命の波が起こり、各地の炭鉱も徐々に閉山に向かっていった。

昭和四十年に小倉炭鉱が閉山されたあとは、自由労働者として主に小倉建設の建築現場で働くようになった。

労働と酒だけに明け暮れていたような祖父の人生に輝きをもたらしたのは、祖母との出会いだった。

祖母は小倉炭鉱独身寮の食堂で働いていた女性だという。祖母は光輝が生まれる前に亡くなっているので、祖父から話を聞く以外に祖母のことを知る手立てはなかった。祖父が祖母と所帯を持ったのは昭和三十年のことで、三十四歳と遅かった。祖母は祖父より三つ下で、気立てのよい女性だったという。

祖父が人生でいちばん輝いていた時期だろう。だが、ふたりの新婚所帯がどんなものだったか、祖父は語ろうとしなかった。

確かに、その時期は仕合わせであったとして、その後の不幸がそれを帳消しにしているのだ。

三年後に子どもが生まれた。女の子だ。初枝と名付けた。光輝の母親だ。

祖父は光輝の母親の話をほとんどしようとしなかった。母のことを語ってくれたのは、光輝が二十歳になってからだと思う。

祖父が母の話をしだしたのは、祖父の年齢的なものもあったのかもしれない。光輝が二十歳のとき、祖父は七十半ばを過ぎていた。

いつあの世から迎えがくるかもしれない。母の話をする前に、祖父はそんなことを言っていた。

祖父によると、光輝の母、つまり祖父の娘の初枝は高校を卒業して、東京に出た。デザイナーになるといい、東京の専門学校に通うのだと言っていた。ほとんど家出同然だったという。

母は自由労働者だった父親のことを嫌っていたという。都会に憧れ、華やいだ世界に身を置くことを夢見ていたらしい。

祖父と母は激しい言葉で言い合ったこともあったという。家が貧しいから、私は小学校、中学校といつも惨めな思いをしてきたと泣きながら言われたとき、祖父は体が震え、何も言い返せなかったと言った。

「俺のごたぁ男は結婚して子どもば作ってはいけなかったんかもしれんけん」

そのとき、祖父は乱暴に酒を呷った。

母との確執でどんなに祖父の心が傷ついていたか、はじめて知ったような気がした。

いつ眠ったのか、朝になった。

ゆうべも祖父のことを思い出して寝つけず、頭が重たい。

きょうは六月二十九日。控訴期限まであと五日だ。それが過ぎたら刑が確定する。鶴見弁護士には申し訳ないが、自分にはこれしかないのだ。

いまは早く、祖父に会いたい。そう願うだけだ。

ただ、鶴見弁護士には死刑の執行後、頼みたいことがある。墓のことだ。そのことを頼むには、まだ時期尚早だった。

5

同じ二十九日の午前中、京介は民事訴訟の書面を書いていた。ある有名塾の講師が突然契約を打ち切られたのである。

まず、地位保全の仮処分の申請をしなければならない。

ちょうど、書面を書き終えたとき、小倉の大塚弁護士から電話があった。

「鶴見くんか。大塚だ」

大塚の落ち着いた声が聞こえて来た。

「はい。このたびはいろいろ申し訳ございません」

「いや。いま、いいですか」

「はい。だいじょうぶです」

「お訊ねの件だがね、川原光輝の母親は事故死だ。それも、旅先で」

川原の母親のことを調べてもらったのだ。

「旅先で？」

「昇仙峡から甲府駅に向かうバスに飲酒運転の乗用車が衝突し、乗客ひとりが亡くなり、五人が重傷を負った。その亡くなったひとりが川原初枝二十三歳だ」

「事故死……」

旅行にひとりで行ったわけではあるまい。誰かといっしょだったのだろう。

「連れはわかっているのですか」

「いや。ひとりだったらしい」

「ひとり？」

「女の身許はすぐわかった。警察が連れを探したが、誰も名乗り出なかったというのだ。バスの運転手も後部座席にいた乗客も、女性はひとりだったという」

ひとり旅ということに引っかかった。

「君はひとり旅を疑っていますね」

大塚弁護士が苦笑混じりにきいた。

「ええ。初枝さんというひとがどういうタイプかわかりませんが、なんとなくひとりではなかったのではないかと」

「昭和五十六年だ。その頃は、女性のひとり旅も珍しくない時代になっていただろう。だが、じつは私も連れがいたんじゃないかと思っています」

「何か、根拠が？」

「ありません」

大塚はあっさり言った。

「ただ、君と同じ理由からだと思っている」

「えっ、私と同じ理由？」

「そうです。君も清張ファンだから、当然『黒い樹海』という推理小説を読んでいるね」

「はい。読んでいます」

夢中で読んだことを思い出してから、京介はあっと声を上げた。

「同じ状況ですね」

「そうです」

ヒロイン笠原祥子の姉信子は仙台へ旅行すると言い残して出かけたが、まったく方向違いの浜松で事故に巻き込まれ死んでしまう。バスが踏み切りで貨物列車と衝突し、バスの後部座席に乗っていた姉は助からなかった。

姉はひとりだと思われていた。だが、妹の祥子は姉に連れがいた痕跡を見つけ出す。いっしょに旅行をしていた男は、姉を見捨てて現場から去ってしまったのだ。

「しかし、現実には初枝のひとり旅という結論でした」

大塚の声で、京介は現実に引き戻された。

「これが、犯罪に関係しているというなら、警察は前夜、初枝がどこの旅館に泊まったかを調べ上げて、連れがいたかどうかを確かめただろう。だが、飲酒運転で引き起こされた交通事故だったからね」

「いまから、無理でしょうね」

京介は口をはさんだ。

「連れがいたかどうかを確かめることですか。それは、無理でしょう。三十年も前のことです。当時の警察が何らかの事情で調べていたならともかく、不可能だと思いますよ」

「そうですね」

京介はため息混じりに言った。

また、小倉に来たら寄ってくれという声を聞いて、京介は電話を切った。

京介はいまの話を反芻《はんすう》した。

昭和五十六年十一月、川原初枝は旅先で事故死した。まさに、『黒い樹海』で描かれたと同じ状況が起こったのだ。

京介にはある想像が働いている。

初枝といっしょに旅行をした男こそ、日下部新太郎ではないのか。証拠はない。ただ、現在の川原の言動から、強引に川原と日下部とを結びつけてみたのだ。

川原が昭和五十六年に死んだ母親の相手の男を、どうして日下部だと知ったか。川原が日下部に会いに行ったのは、祖父が亡くなった後のことだ。

想像するに、祖父為三から聞いたのではないか。為三が死ぬ間際に、教えた可能性は高い。

ただ、祖父がどうして相手の男を日下部だと知ったかはわからない。しかし、いまはそのことをおいておいて、先に考えを進めた。

母を見殺しにした男が日下部かどうか確かめるために、川原は蓬萊山株式会社の社長日下部に面会を求めたのだ。

表向きは拒絶されたことになっているが、実際は会ったのではないか。もし、初枝の相手が日下部なら、当の日下部はどうしただろうか。

ふつうだったらとぼけるだろう。川原を不審人物として拒絶するに違いない。だが、他にも会わなければならない理由があったのだろうか、日下部は川原と会ったのだ。

会ったのは、日下部が借りている五反田のマンションだ。

そこで、川原は日下部を問いつめた。そして、川原は確信した。母を見殺しにした男は日下部社長であると。

京介は話を飛躍させた。

川原は母を見捨てた日下部に復讐をしたのではないか。その罪の意識から、死刑を甘んじて受け入れる気持ちになったのではないか。

そう考えたものの、日下部殺しでは川原にはアリバイがある。日下部が殺された時刻、川原は小倉の中嶋電機産業社長の中嶋清隆氏の邸に侵入し、博多人形と現金三十万円を盗んでいる。

そして、その罪で、小倉刑務所に半年間服役している。日下部殺しの参考人のひとりとして川原の名が上がったとき、すでに川原は小倉拘置所にいたのだ。

つまり、日下部殺しは発作的な犯行ではない。入念に計画が練られていたのだ。同日の同時刻に小倉で窃盗事件を起こしていた川原が、東京で日下部社長を殺すことは出来ない。それは事実だ。にも拘わらず、京介は川原の犯行という考えを捨てきれなかった。これはアリバイ工作ではなかったのか。

京介は窃盗事件での川原の行動を時系列にまとめてみた。五年前の一月二十九日のことである。

1、二十九日午後五時ごろ、川原は小倉寿山町にある中嶋社長宅の近くにいた。
2、同日午後八時ごろ、福聚寺の山門前にいた。
3、同日午後十一時ごろ、中嶋宅に侵入し、博多人形と三十万を盗む。（この時間、東京で、日下部社長が殺された）
4、翌三十日午前九時ごろ、和布刈神社の受付に人形供養を申し込む。
5、翌三十一日午後五時ごろ、博多中洲の高級寿司屋で酒と寿司を頼み、それから高級ソープランドに行った。

この一連の流れを見る限りにおいては、完全にアリバイが成立する。

だが、ここに工作があったとしたら……。

京介はその前提で考えてみた。

3の中嶋邸に忍び込んだことを脇に置いて考えてみる。午後八時に小倉の寿山町にいた川原がそこから福岡空港に直行したら何時につけるだろうか。

門司まで出て、列車に乗って博多へ、そこから福岡空港に行く。小倉から新幹線で博多まで行けば約四十分。寿山町から小倉駅までの時間を入れても一時間ちょっとで空港につける。

現在の時刻表で福岡空港を調べると、ＡＮＡの東京行き最終便が午後九時三十五分に出る。この飛行機には乗れそうだ。

だが、羽田に着くのが午後十一時五分。羽田から五反田まで約四十分。現場に着くのは午前零時だ。

それでは犯行時刻の午後十一時には間に合わない。しかし、この犯行時刻が十一時というのは正しいのだろうか。ここに何か間違いはなかったのか。

仮に、犯行時刻をずらすことができたとしよう。犯行後、川原はどこかで一晩を明かし、翌朝一番の飛行機で福岡に向かった。

今度は羽田発の飛行機の時刻表を見てみる。

すると、羽田発六時二十分が福岡空港に八時五分に着く。九時ごろに和布刈神社にたどり着くことは決して不可能ではない。

つまり、日下部社長の死亡時刻を二、三時間あとにずらすことができれば、かなりきわどいが川原の犯行も不可能ではないということになる。

だが、博多人形を盗んだ件がある。これをどう考えるかだ。

京介は椅子の背もたれに寄り掛かって、大きくため息をついた。がっかりしたような、ほっとしたような複雑な心境だった。

がっかりしたというのは自分の推理が外れたからであり、ほっとしたのは川原に殺人者の汚名を着せずに済んだことだ。

出来ることなら、川原がそんなだいそれた事件の犯人であって欲しくない。

ただ、なぜ、控訴しないか、その理由を知りたいだけなのだ。

無関係であって欲しいと願う気持ちと相反するが、京介は川原の犯行であるという前提に立って、さっきの一覧をもう一度眺めた。

すると、問題は3の中嶋宅に侵入し、博多人形と三十万を盗んだ件である。もし、川原がその時刻、東京で犯行に及んでいるとしたら、中嶋宅に押し入るのは不可能である。

共犯者が必要だ。そう考えるのが妥当であろう。しかし、そんな人間がいただろうか。いたとしても、共犯者はいつ敵になるかもしれない。

共犯を考える以外に、何かうまい方法があるだろうか。それを考えたとき、京介はあっと思った。

さっきは東京のほうの犯行時間が二、三時間ずれているのではないかと考えたが、小倉の窃盗事件はどうだろうか。

ほんとうは、八時以前に盗まれていた。しかし、家人は気づかなかった。十一時に盗んだというのは、川原の自供だけではないのか。

午後八時ごろ、福聚寺山門前で川原が目撃されている。このとき、すでに川原は侵入したあとだった。

川原は盗んだ博多人形を持って福岡空港に向かう。そして、空港のコインロッカーに人形を預け、羽田行きの最終便に乗った。

そして、東京で犯行後、始発の便で福岡空港に戻り、コインロッカーから人形を取り出し、新幹線と在来線を使って門司港に行き、そこから和布刈神社に向かった。

こうして、午前九時に人形供養の申し込みをした。

細かい点はあとで考えればよい。たとえば、家人がもっと早く盗難に気づいたら、川原の計画は失敗に終わる。家人が盗難に気づかないという保証がないのに、危険な橋を渡るだろうか。その保証をどうやって得たのか。

東京行き最終便が羽田に着くのが午後十一時五分。羽田から五反田まで約四十分。現場に着くのは午前零時。それでは犯行時刻の午後十一時には間に合わないが、東京での犯行時刻がもしずれていれば成り立つ。

思い立つとじっとしていられない。先日紹介してもらった元警視庁刑事だった下沢が勤める会社に電話を入れた。

しばらくして、電話口に下沢が出た。

「弁護士の鶴見です。先日はありがとうございました」

「おう、鶴見さんか。こちらこそ、ごちそうさまでした」

のんびりした声が返って来た。

「例の件でお伺いしたいのです。日下部社長の死亡時刻ですが、二十九日の午後十一時前後というのは間違いありませんか。たとえば、二、三時間うしろに、つまり三十日午前二時前後ということは考えられませんか」

京介は昂奮から自分の声が少し上擦っているのを意識した。

「いや。胃の消化状況から間違いない。誤差があっても三十分ぐらいなものだ。午前零時ごろと一時ごろの二回、日下部の息子が電話をかけている。部屋の電話にも携帯にも出なかったという。すでに、死んでいたとみていい」

「そうですか」

京介は落胆した。

「どうしたんですか」

「いえ、なんでもありません。お仕事中、申し訳ありませんでした」

京介は礼を言って電話を切った。

死亡時刻をずらすことができなければ、京介の考えたことはたちまち否定されてしまうのだ。

何か見落しがあるのだろうか。

京介は何げなく福岡の地図を広げた。別に地図を見るためというより、思考する上で無意識に広げたのかもしれない。

すると、今まで気づかなかった場所が目に飛び込んだ。

海上の島に北九州空港とあったのだ。小倉南区だ。

迂闊にも、京介はこんなところに空港があるのを知らなかった。それは、まさに光明のように思えた。

京介はすぐノートパソコンを開いて北九州空港を検索し、ホームページを開いた。

真っ先に目を向けたのは時刻表だ。

北九州空港発羽田行を見てみる。

二十一時五分発のＪＡＬ便があり、羽田に二十二時三十分に着く。さらに、その五分後の二十一時十分発の便、これはスターフライヤーと全日空の共同運航だが、羽田に着くのは二十二時三十五分。

これなら、十分に犯行が可能に思える。

あくまでも現在の時刻表であり、五年前のものではない。だが、大きく違うとも思えない。それに、いまは細部は度外視して、可能性だけを考えようとしているのだ。

北九州空港までのアクセスを見ると、小倉駅から約三十分となっている。これなら、八時ごろに福聚寺山門前にいた川原が二十一時五分発か二十一時十分発の便に間に合う。すなわち、東京で殺人が可能だ。

京介は受話器に手を伸ばした。小倉の大塚弁護士のところにかけた。

例の事務員の声から大塚弁護士に代わった。

「たびたび、すみません。いま、よろしいでしょうか」

「かまいませんよ。なんですか」

「川原の窃盗事件ですが、犯行が午後十一時ごろということでしたね」

「そうです。それは、何度も君に話していると思うが」

「ええ。その犯行時刻が十一時ごろだというのは、どうしてわかったのですか。家人は盗まれたことにいつ気がついたのでしょう。どうして、十一時だということになったのでしょうか」

「それは、川原の供述からだ」

「ほんとうは八時以前に川原が侵入したということはありませんか」

「八時以前に？」

大塚弁護士は呆れたような声できいた。

「はい。博多人形が盗まれていたのに家人は気づかなかったのではないかと思ったのですが」

「いや。中嶋社長は和布刈神社に出発する前、応接室に入って博多人形を確かめていた。中嶋社長は昼間の訪問者の名刺を忘れたことに気づいて、応接室に入った。探していた名刺は博多人形のそばに置いてあったそうだ。つまり、午後十時には博多人形は無事だったのです」

「そうですか」

京介は落胆した。

「もしもし、いったい、君は何を考えているんですか」

大塚弁護士は不思議そうにきいた。

「どうやら、私の思い違いでした。失礼しました」

最後は明るく言って電話を切ったが、京介はたちまち表情を曇らせた。

せっかく北九州空港を発見したのに、それが生かせないのが残念だった。

何か、からくりがあるのではないか。からくりだとしたら何か。手品のトリックを暴くように、京介は考えた。

午後十時に博多人形があったというのは事実なのか。このことが問題だ。何か、中嶋社長は錯覚しているのではないか。

そこに博多人形があると思わせるトリックが……。それは何か、京介は智恵を搾り出すように後頭部を揉みながら考えた。

待てよ、あることに気づいた。

中嶋社長が違和感を持たなかったのだとしたら、あるべき場所に博多人形があったのだろう。だが、それは本物だろうか。

いまは突飛な考えでも思い浮かんだことは検討してみようと思った。細部はあとで考えればよいことだ。

京介が考えたのは、こういうことだ。川原は八時前に中嶋邸に忍び込んだ。このとき、偽《にせ》の博多人形を持ち込んだのではないかということだ。

つまり、午後十時に中嶋社長が目にした博多人形は偽物だった。よく見れば偽物とわかるだろうが、いつものように当たり前のものとして目に入ったものを疑いもしなかった。

大塚弁護士からは、博多人形が偽物とすり替えられていたという話は聞いていないが、中嶋社長の家人もそれほど重く受けとめていなかったので、あえて警察に話さなかったのかもしれない。

中嶋社長や家人から当時のことを聞いてみたいと思った。いずれにしろ、川原は八時以前にすでに盗みを終えていた可能性はあるのだ。

そして、そのあと北九州空港に急いだ。

もう一度、北九州空港のホームページを見てみる。

もともと小倉には、小倉南区大字《おおあざ》曾根《そね》に陸軍曾根飛行場として使われていた旧北九州空港があったが、新たに新空港が人工島に造られたという。

ホームページを見ていて、あっと京介は声を上げた。

北九州空港の開港が平成十八年三月、つまり五年前の三月だという。事件はその一カ月前なのだ。

記述の間違えの可能性を考えて、他からも検索して調べてみた。やはり、開港は五年前の三月に間違いなかった。

川原が利用したと想像した日は五年前の一月二十九日なのだ。

その日に北九州空港を使ったというのはあり得ないことだった。

思わず、天井を仰いで、ため息をついた。今度の落胆は大きかった。

自分の考えがふたつとも否定された。疲労感に襲われ、しばらく椅子に寄り掛かり、目を閉じていた。

こんなことで、くじけてはいられない。

ふと、父のことを思い出した。清張の小説を読み終えたあと、余韻にひたりながら、父はよく言っていたものだ。

「清張は小説で社会の不正や矛盾と闘っている。まず真実を知るということだ。真実こそ、ひとを救う。そのことを忘れるな」

真実こそひとを救う。弁護士になってからもその言葉を大事にしてきたが、なぜこんなときに父のことを思い出したのだろう。

そういえば、こんなことも言っていた。

「『或る「小倉日記」伝』の田上耕作はハンディがありながら、こつこつと努力した。そんなことを調べて何になると言われても、へこたれなかった。京介もへこたれるな」

その言葉が胸に響いた。父が京介を叱咤しているのだ。こんなことでくじけてはいられない。

京介は目を見開いた。再び、気力が回復し、改めてアリバイについて考えた。

こうなると、残るのはやはり共犯者だ。川原は極めて危険な方法をとったのかもしれない。

川原が殺人者であって欲しくないと願いながら、京介は川原のアリバイを崩そうと必死に考えていた。

6

六月三十日。朝のラジオ体操が終わり、光輝は独房に戻った。

小窓から青い空を眺め、小倉の澄んだ空を思い出した。今年も、小倉祇園祭の時期が近づいていた。

各町内では祇園太鼓の稽古もはじまるころだ。

光輝はもう五年も祇園祭を見ていなかった。それまでは、祖父とともに毎年、八坂神社に参り、小倉城で行われる祇園太鼓の競演会や独演会を観にいった。

子どもの頃、祖父の指導を受けたが、光輝の太鼓はものにならなかった。それでも、太鼓の音を聞くのは好きだった。

魂が揺さぶられるようだった。晩年はさすがにやらなくなったが、祖父は必ず飛び入りで山車に乗り込み、太鼓を叩いた。祖父はうまくはないが、その音の迫力だけは誰にも負けなかった。

母の初枝も祇園太鼓が好きだったそうで、祖父と祖母と母の三人で毎年祇園祭に出かけたらしい。

だが、中学生になった頃から、母は両親に反撥するようになった。貧しい暮しがいやだった。それ以上に、自由労働者という自分の父親の職業がいやだったようだ。

母は器量がよかったという。上昇志向の強い女で、がさつで教養のない父親を軽蔑していた。高校生になった頃には、土曜には博多まで遊びに行き、明け方に帰ってくることが多くなった。

そのために、祖父とは喧嘩が絶えず、何度か家出騒ぎを起こしたこともあった。高校を卒業後、母はデザイナーになるために東京のデザイン専門学校に通うと言って出ていった。

だが、それきり戻って来なかった。東京で借りたアパートを移ったらしく、電話は通じない。連絡もないので、祖母が東京まで出かけ、デザイン専門学校で確かめたところ、母は中退していた。

心労から祖母が倒れ、一年後に息を引き取った。そのときも、母と連絡がとれず、祖父がひとりで祖母の葬式を出したのだという。

高校を卒業して東京に行った母が小倉に帰って来たのは、五年後のことだった。玄関に立った母は子どもを連れていた。それが、三歳の光輝だった。

「とうさん。久しぶり」

母は少し照れたように言った。

祖父は玄関に立った我が娘を見て、すぐには信じられなかった。派手な髪形に衣装。水商売をしているとわかった。が、不思議なことに、怒りより無事な姿を見た喜びのほうが大きかったという。

それに、子どもを連れていたので、そのほうに気をとられたらしい。

「おまえの子か」

祖父はきいた。

「ええ、光輝です。おじいちゃんよ」

母が光輝を祖父に引き合わせた。

「光輝か。こっちへ来い」

祖父は光輝を引き寄せた。

そのとき、祖父は還暦を迎える歳になっていた。母は二十三歳だ。二十歳で光輝を産んだことになる。

母の様子から、祖父は、ちゃんと結婚したわけではないと察したという。

「母さんは？」

部屋に上がって、母がきいた。

「こっちだ」

祖父は隣の四畳半の部屋に招じた。

部屋の敷居をまたいだところで、母は棒立ちになった。小さな仏壇に、祖母の位牌と写真が飾られていた。

「母さん……」

母は仏壇の前で泣き崩れた。

「母さん、ごめんなさい。ごめんなさい」

母はその夜はずっと仏壇の前から離れなかった。

「初枝が東京に行った一年後に、母しゃんは東京までおまえを訪ねたとよ。そしたら、学校も中退し、アパートにもおらん。相当なショックば受けて帰って来た。そいから、寝込むごとなっち、一年後やった。最後まで、初枝、初枝っち口にしよった」

祖父の言葉を、母は俯いたまま聞いた。

翌日、祖父と母は墓参りに行った。

墓の前でも、母は泣き崩れたという。

その夜、祖父は東京での暮しをきいた。やはり、母は銀座のクラブで働いているということだった。

さらに、祖父は肝心なことをきいた。

「父親は誰なんだ?」

「ごめんなさい。いまは、言えないの。でも、そのうちにきっとうまくいくから、そのときにはちゃんと話します。どうか、それまで待ってください」

母は深々と頭を下げた。

いよいよ母が東京に帰る日がやって来た。その前の夜、母が祖父に言った。

「とうさん。私、東京に戻らなくてはならないんです。必ず、迎えに来ますから、光輝をしばらく預かってもらえませんか」

母は哀願した。

「まさか、かあさんがこんなことになっているなんて知らなかったから、光輝を連れてきたんだけど」

母はすまなそうに言った。

「心配なか。俺の預かるとよ。ないに、俺は六十になるの、まだ若い者には負けなか。そいに、こん近所には面倒みんよか人間の集まっちいるんやけん。心配なか」

「すみません。光輝のこと、よろしくお願いいたします」

母は涙ぐんで言い、それからしばらく光輝を抱きしめていたという。

「初枝。よかか、連絡ぐらい寄越しぇ」

「はい。とうさん、ありがとうございます」

僅か一週間の滞在だったが、祖父は母とはじめて打ち解けたと述懐していた。初枝も、母親の死に直面したのと、子を持って母親になったことで、はじめて親の気持ちがわかったのだろうと、祖父は呟いた。

光輝にこの頃の記憶はない。ただ、祖父に手をひかれ、電車に乗った女のひとを見送った光景が微かにあるだけだった。

祖父はどんな気持ちで娘を見送ったのだろうか。それから、半年後、母は帰らぬひととなったのだ。

そのことを話す祖父は辛そうだった。光輝の父親もとうとうわからぬまま、母は逝ってしまったのである。

母が交通事故に巻き込まれたとの連絡を受け、祖父は光輝を近所のひとに預け、ひとり、事故が起こった甲府に出かけた。

「俺は生まれてはじめて飛行機に乗ったとよ。羽田に着いたら、バス会社のひとが迎えに来てくれとった。そこから車で新宿まで行き、特急に乗ったとよ。暗い長か時間やった」

祖父が母と対面したのは病院の霊安室だったという。頭部を激しく打っていたが、顔は無傷できれいだったそうだ。

祖父は遺品となったスーツケースを改めながら、娘には連れがあったはずだと思ったという。

祖父がバスの運転手に話を聞くと、ひとり旅の三十ぐらいの男の客がいたことを話してくれた。その男はバスの前方に座った。おそらく、ふたりは用心して遠く離れた座席に座ったのだろう。

男は結婚している人間だ。祖父はそう思ったという。

その後、祖父に同情してくれた地元の新聞記者が、母が泊まった旅館を見つけ出してくれた。石和温泉の老舗旅館に宿泊したという。女将から聞き出した話を、その新聞記者は後日、祖父に手紙で知らせてくれた。

やはり、母は二十七、八の男といっしょだった。長身で、彫りの深い細面の二枚目だった。終始、顔を背けるようにしていたという。

宿帳に記入したのは母で、川原太郎、妻初枝と記されていたという。川原太郎はもちろん偽名だ。母は自分の名字に、日本人の代表的な名前の太郎と書き添えたのだ。わざわざ、妻初枝と書き添えたところが母の女心を物語っているようだった。ちなみに、住所もでたらめだった。

事故に遭ったのは不慮の災難だ。だが、重傷を負った母を見捨てて、その場から逃げた男に、祖父は激しい怒りを持った。しかし、祖父だけでは、相手の男を突き止める力はなかった。

事故ではじめて母の勤め先がわかったという。銀座の『ボン』という有名クラブだった。祖父がもう少し若ければ、そのクラブに通い、母の相手の男を突き止められただろう。

だが、金もなく、東京の土地勘もない。小倉には三歳の光輝が待っているので時間もとれない。祖父は、調べることを断念しなければならなかった。

母の一周忌のとき、クラブ『ボン』で働いていたという女性が墓参りに来てくれた。そのとき、祖父も会った。

その女性は、ホステス時代、母と仲がよかったという。祖父は、その女性にいっしょに旅行した男のことを訊ねた。

母はその女性にも隠していたらしく、相手の名を知らなかった。ただ、祖父が新聞記者から教えてもらった男の特徴を話すと、女性はやがて、何かを思いついたらしい。『ボン』の客に、蓬萊山株式会社社長の息子で日下部新太郎という男がいる。二十八歳。長身の二枚目だといい、男の特徴に似ていた。

日下部新太郎も小倉生まれで、高校を出てから東京の大学に行った。日下部は母と同じ高校だった。日下部のほうが四年先輩だったという。そのせいか、ふたりは親密だったと、その女性は話した。

母を見捨てた男は日下部新太郎だと、祖父が語ったのは、光輝が二十六歳のときだった。祖父が亡くなる一年ほど前だ。

そのとき、祖父は最後に呻くようにつぶやいた。

「あいつば許せなか。日下部新太郎ば許せなか」

第四章　控訴期限

1

六月三十日の夕方。控訴申立期限の七月四日まであと四日。

それまでに控訴を申し立てなければ、川原の死刑が確定する。京介に焦りが生じてきた。この四日間、フルに川原のことに専念出来ればいいのだが、他にも仕事を抱えている。もちろん、そっちの仕事もおろそかに出来ない。

きょうは朝から東京地裁で離婚訴訟の裁判、午後一番で、土地明け渡し訴訟の裁判、続いて東京簡易裁判所の遺産相続のトラブルとこなし、虎ノ門の事務所に帰って来たのは夕方の六時前だった。

自分の机に座ってから、京介はようやく川原の件に没頭した。

もう一度、五年前の川原の行動を記したメモを眺めてみる。

1、二十九日午後五時ごろ、川原は小倉寿山町にある中嶋社長宅の近くにいた。
2、同日午後八時ごろ、福聚寺の山門前にいた。
3、同日午後十一時ごろ、中嶋宅に侵入し、博多人形と三十万を盗む。（この時間、東京で、日下部社長が殺された）
4、翌三十日午前九時ごろ、和布刈神社の受付に人形供養を申し込む。
5、翌三十一日午後五時ごろ、博多中洲の高級寿司屋で酒と寿司を頼み、それから高級ソープランドに行った。

いろいろ検討してみたが、京介の結論は、共犯者なしでは不可能だということだった。すなわち、3の中嶋宅に侵入し、博多人形と三十万を盗んだのは共犯者Xということになる。

Xは博多人形と三十万を盗んだあと、博多に行き、どこかで一晩を過ごし、翌朝八時までに福岡空港に行く。

八時五分に着いた飛行機で、川原が東京から帰って来る。示し合わせた場所で落ち合い、川原はXから博多人形を受け取る。

その後、川原は地下鉄で博多に行き、新幹線で小倉へ、そして鹿児島本線に乗り換え、門司港駅へ。

そうやって、和布刈神社にやって来た川原は受付で、人形供養の申し込みをしたのだ。このとき、川原は堂々と巫女に顔を晒《さら》している。

共犯者を考えれば、東京での犯行は可能だ。

だが、リスクが大きい。

それより、殺人の片棒を担ぐ共犯者Xをどうやって見つけ出したのか。当然、信頼の出来る男でなければ運命を託せないはずだ。

Xは謝礼金目当てに頼みを引き受けたのであろう。しかし、共犯者は一歩間違えれば、おぞましい存在になるのだ。

松本清張の短編に『共犯者』という名作がある。福岡で家具屋を営む内堀彦介は商売が繁盛するにつれ、過去の暗い影に怯えるようになる。じつは、内堀は外交員時代の知り合いであった町田武治と山陰のある市で銀行強盗をはたらいていた。そのときに盗んだ金で内堀は商売をはじめて成功したのである。

事件後、お互い他人になる約束をして共犯者の町田と別れたが、最近になって町田の現在の生活が気になりだしたのだ。

町田が盗んだ金を使い果たし、また何か事件を起こしていないか。警察に捕まれば、過去の銀行強盗も自白するかもしれない。また、生活に困っているようなら、恐喝者として内堀の目の前に現れるのではないか。事業に成功し、愛人まで持つようになった内堀は、かつての共犯者の影に怯えるようになるのだ。

この心理はよくわかる。共犯者は諸刃の剣だ。

だが、日下部の事件が川原の犯行だとしたら、もはや共犯者を使ったとしか考えられない。いまや、京介はその前提で考えていた。

川原の共犯者は小倉の人間であろう。小倉時代の川原の生活圏内に、共犯者Xがいたと考えるのが妥当だ。

一月二十九日の福岡から羽田、翌朝の羽田から福岡への飛行機の乗客名簿には、Xの名前が記載されている可能性がある。もちろん、偽名の可能性もあるが……。

五年前の乗客名簿を見ることが出来るか。警察の捜査であれば、可能かもしれない。だが、弁護士の権限で可能か。

事件に関係していると考えているのは京介だけで、世間的には事件とはまったく無関係なことなのだ。

それに乗客名簿はいつまで保存されているのか。五年前ではすでに破棄されている可能性もある。

やはり乗客名簿からXを探し出すことは難しいと言わねばならない。小倉時代の川原の生活圏から見つけ出す以外にない。

明日は金曜日で、仕事のスケジュールが詰まっている。だが、すぐにでも小倉に飛び、川原の学校時代の仲間や中嶋電機産業時代の同僚から話を聞いてみたい。明後日からの土日にと思ったが、控訴申立期間は七月四日の月曜日までなのだ。

洲本に小倉に行って調べてもらうしかないか。いや、やはり、自分で行かねばならない。

なんとかやりくり出来ないかと、京介はスケジュールを調べた。

明日の十一時から東京地裁で、立ち退き裁判の口頭弁論がある。午後一番で、依頼人との打ち合わせ。二時から、区民の法律相談。その後、弁護士会館へ行き、人権擁護委員会の会合、そのあとは会食となっている。

予定を眺めながら、京介は迷った。川原に残された時間は少ない。悩んだ末、やはり小倉に行こうと決めた。

京介は受話器をとり、柏田弁護士に内線電話をした。

「いま、お忙しいでしょうか。これから、お邪魔したいのですが」

「構わんよ」

「ありがとうございます」

京介は受話器を置いて、立ち上がった。

柏田弁護士の部屋のドアをノックして中に入る。

黒檀の机に広げた書面を見ていた柏田が、眼鏡を外して立ち上がった。

応接セットでテーブルを挟んで向かい合った。

「なんだね」

柏田が催促した。

「川原の件で、どうしても小倉に行って来たいんです。明日の午前中の立ち退き裁判の口頭弁論は外せませんが、午後からの……」

あとの予定を挙げて、自分でなんとか調整出来るが、区民の法律相談は延期するわけにはいかない。どなたかに代役をお願い出来ないかと頼んだ。

柏田も川原の事情を知っているので、

「わかった。その件はなんとかしよう。気にせずに小倉に行って来たまえ」

と、励ますように言ってくれた。

「ありがとうございます」

思わず立ち上がって、京介は頭を下げた。

席に戻ってから、小倉の大塚弁護士に電話を入れた。

「はい。大塚法律事務所でございます」

いつもの明るい声が聞こえた。

「東京の鶴見と申します」

「あら、鶴見さん。ごめんなさい、うちの先生、外出先からまだ戻っていないんですよ。

もう戻る……。あっ、帰って来ました。少々お待ちください」

しばらく間があってから、

「大塚です」

と、応答があった。

「鶴見です。たびたび、すみません」

「なあに、遠慮には及びませんよ」

大塚は気さくに応じてくれた。

「先生。明日の午後、小倉に行くつもりなのです」

京介は気負い込んで言った。

「ほう、そうですか。また、お会い出来ますな」

「それで、川原の友人に会ってみたいんです」

「田代くんだね。わかった。すぐ連絡とって、折り返し電話をしますよ」

「申し訳ございません」

五分ほどで大塚から電話が来た。

「いま、連絡をとりました。明日の五時、会社まで訪ねて来ていただきたいとのことです。だいじょうぶですか」

「わかりました」

「会社は小倉産業の鍛冶町営業店です。森鷗外の旧居の近くです」

社名をメモして、京介は電話を切った。

それから、予定を変更することになった相手に、詫びと再打ち合わせの確認のために電話を入れた。

スケジュールの調整をし終わったのは七時過ぎだった。

午前の仕事が終わればあとは小倉に行くだけだ。しかし、自分が小倉に行っている間に、三十年前の川原の母親の事故死のことや日下部新太郎のことを調べておいてもらいたいと思った。

京介は洲本の携帯に電話をした。応答がなかった。出られない場所にいるのかもしれない。

また、あとでかけ直そうと思っていると、洲本から携帯に電話がかかって来た。

「お電話いただきましたか」

洲本の電話の背後が騒がしい。

「賑やかですね」

「すみません。いま、居酒屋なんです。ちょっと外に出ます」

洲本は大きな声で答える。喧騒で聞こえづらいようだ。

「警察のＯＢ会でしてね。もう、だいじょうぶです」

静かな場所に移ってから、洲本が言った。

「至急調べていただきたいことがあるのですが、いま他に用事を抱えていらっしゃいますか」

京介はきいた。

「いえ、特に急ぎのものはありません。何か」

「甲府に行ってもらいたいんです」

「甲府？」

「ええ、川原の母親の事故死を調べてきていただきたいんです。ただ、三十年前のことなので、どの程度わかるか不安なのですが」

「三十年前の事故？」

「はい。古い事故のことで、申し訳ないのですが」

「わかりました。出来る限り調べてみましょう」

洲本は快く引き受けてくれた。

「助かります。明日の朝、発っていただけますか」

「わかりました。いま、鶴見先生は事務所ですか」

「そうです」

「じゃあ、これからそっちに行きます」

「えっ、でも、せっかくお楽しみのところではないんですか」

「いや。川原の件では時間がありませんからね。それに、いつまでも長居したいような会ではありませんから」

そう言って、洲本は笑った。

おそらく、OB会を牛耳っている古株の人間に気をつかわなくてはならないことがいやなのだろう。口実が出来て、かえって助かりましたと、洲本は言った。

「そうしていただくと助かります。じゃあ、お待ちしています」

京介は礼を言った。

それから三十分後に洲本がやって来た。新橋で呑んでいたらしい。虎ノ門まですぐだった。

向かい合ってから、京介は自分が考えたことを、全て話した。自分と同じ考えに立ってもらえるように、東京の殺人事件の死亡推定時刻の誤差、小倉の窃盗事件のずれ、さらに北九州空港を使ったのではないかと考えたことまで話し、それらがすべて打ち砕かれ、最後に残ったのが共犯者の可能性だと言った。

「共犯者がいれば、川原の犯行が可能なのです。動機は、母親の敵《かたき》です」

「敵？」

「はい。さっき、電話で話しましたが、川原の母親初枝は昭和五十六年の秋、甲府で事故に遭って亡くなっています。このとき、連れはなくひとり旅だったと見られましたが、実際には連れがいたのです。バスには離ればなれに乗ったので周囲の乗客も気づかなかった。その連れは、負傷した初枝を置き去りにして逃げてしまったのです。その連れが、日下部新太郎だと、川原は信じていたんだと思います」

京介は説明した。

「どうして、日下部のことが川原にわかったのでしょうか」

「わかりません。ただ、事件の起きる半年前に、川原の祖父為三が亡くなっています。この為三が言い残した可能性も考えられます。その後、川原は東京に出て、日下部に会おうとしているのですから」

「川原は日下部に会って、問いただした。その結果、母を見捨てた男だと確信したというのですね」

洲本が頷きながら言う。

「そういうことです」

「わかりました。日下部についても調べてみますよ」

「お願いします。私は小倉に行き、川原の学校時代の仲間や中嶋電機産業の同僚たちを訪ね、共犯者になり得るような男がいるか、調べて来ようと思っています」

「先生も、たいへんですね」

「いえ」

京介は用意しておいた五万円入りの封筒を差しだし、

「これは旅費です」

と、言った。

洲本は受け取ってから、

「これ、鶴見先生のポケットマネーじゃないんですか」

と、複雑そうな顔をした。

「気にしないでください。私が行ったって、掛かる費用ですから」

洲本に負担をかけまいと、京介は笑って余裕を見せた。

「なぜ、こうまでして、川原に肩入れするのですか」

洲本が不思議そうな顔をした。

「川原が控訴しない理由を知りたいという気持ちも強くありますが、無実の罪で死刑になって欲しくないのです。裁判を汚されたくないのです。裁判は神聖なものであるべきなんです」

京介は、裁判は真実を明らかにする場であって欲しいと願っている。一審で納得のいかない判決が出たら控訴をする。それが当然なのだ。

五万円の出費、さらには小倉へ行く費用もばかにならない。この出費は痛い。だが、京介は独身だし、贅沢をするわけでもない。贅沢といったら、せいぜい観劇に金をかけるぐらいなものだ。

弁護士として、当然の使命を果たそうとしているのだから、少しぐらいの出費は当然のことだと、京介は自分に言い聞かせた。

その後、入念な打ち合わせをしてから、洲本を事務所の出口まで見送った。

「じゃあ、お願いします」

「わかりました。いい結果が報告出来るように頑張って来ますよ」

「お願いします」

もう一度言うと、洲本は胸を叩いて笑った。

洲本がエレベーターに乗り込んでから、京介は事務所に戻った。

控訴期限まで日がない。果たして、洲本が母親と日下部の関係を探り出せるか。それより、自分が共犯者を見つけ出せるか。いや、共犯者になり得る人物を見つけ出せればいいのだ。

日下部新太郎殺しの犯人を川原だと告発しようとしているのではない。ただ、控訴しないという川原の翻意を促したいだけなのだ。

川原は、一審の死刑判決を天命だと言った。死刑を受け入れることが天命だというのは、日下部殺しの負い目があるからではないのか。

そう考えれば、川原の天命と言った気持ちがわかる。

共犯者になり得る人物が見つかれば、それを根拠に日下部殺しを川原にぶつけることが出来る。だが、見つからなかった場合は……。

京介がひそかに恐れていることがある。果たして、共犯者が生きているか、だ。犯罪を犯した場合、ことにこのような犯罪の共犯者はあとで脅威になることが目に見えている。それでも、あえて共犯者に選んだということは、密かに始末をする準備が出来ていたからかもしれない。

川原が共犯者を殺した……。そのことが、気にかかっていた。

川原はXが将来の脅威になるであろうことを予想していたはずだ。殺人の手助けをして、他人の家に忍び込むような男だ。いつ、どんなときに脅迫者に転じるかもしれない。そのことは、あのような犯罪を思いつくぐらいだから、当然わかっていただろう。

Xが誰で、現在どうしているか、川原の翻意を促す意味でも、大きな問題であった。

一方で、控訴審の前には壁が立ちはだかっている。

たとえ、川原が翻意をして控訴申立をしたとしても、控訴審で無罪を勝ち取らねば意味がない。その目処《めど》がまだ立たないのだ。

まず、室岡ともみに賭けたのだが、彼女はやはり西名はるかに肩入れをしており、これ以上は期待出来そうもなかった。

残るは、古山達彦の妻だ。彼女は、夫が西名はるかと不倫をして、自分と別れてはるかと再婚しようとしていたことを知っていたはずだ。

いや、さらにいえば、古山は遺書に、西名はるかと田丸祐介を殺したという告白をしていたのではないかと思っている。

残る手立ては古山にしかない。もう一度、古山の妻に頼んでみようと思い、受話器を摑んだ。いま、夜の九時過ぎだ。

「はい。古山です」

女の声が出た。硬い声は古山の妻の美里《みさと》だ。

「夜分、恐れ入ります。弁護士の鶴見でございます」

電話の向うで、はっと息を呑んだような気配がした。

「一度、お目にかからせていただけないかと思い、お電話をいたしました」

「その必要はありません」

美里は即座に突っぱねた。

「お願いです。じつは、死刑判決を受けた川原は控訴しないつもりなのです。死刑判決を受け入れるつもりらしいのです。このままでは、刑が確定してしまいます。なんとか、川原の気持ちを変えたいのです」

「私には関係ありません」

美里は冷たく言い放った。

「ご主人と西名はるかさんの関係を二審で証言していただきたいのです。お願いいたします」

「何度も、お話しいたしましたが、私は主人のことは何も知りません。これ以上、こっちの気持ちをかき乱すのはやめてください。失礼します」

彼女は尖った声を出した。

「奥さん」

京介は大声で叫んだが、電話は切られた。

ふうと大きくため息をついた。

彼女の気持ちも理解出来ないことはなかった。彼女は犠牲者なのだ。夫に裏切られ、夫に先立たれて辛い立場にいるのだ。

離婚が成立したあとならまだしも、戸籍上は夫婦のうちに、夫は愛人を殺し自殺した。殺人犯の妻となる。さらに、子どもたちは殺人犯の子ということになる。そんなことを、世間に晒すことなど出来るはずはない。

そのことをわかっていながら、京介は電話をかけたのだ。案の定というべきか、こちらの気持ちは伝わらなかった。

やはり、古山の妻を説得するのは無理だと諦めざるを得なかった。

翌日の朝、京介は八時過ぎに東京拘置所に出向いた。きょうから七月だ。判決から十一日が経過した。控訴期限まできょうを含め、あと四日である。

接見は八時半からだ。接見室で待っていると、看守に連れられ、川原がやって来た。アクリルの仕切り越しに川原を見る。

川原はうつむき加減に腰を下ろした。

「川原さん。ちょっと古いことをお訊ねしたいのですが」

いきなり、京介は切り出した。

「あなたのおかあさんは事故で亡くなられたそうですね」

「ええ」

ちらっと目を向け、川原は答えた。

「事故の詳しいことはご存じですか」

「いえ、まだ三歳でしたから」

「でも、あとでどなたかから、事故の模様を聞いたのではありませんか」

「私が二十六歳になったとき、祖父が話してくれました」

「旅先で事故に遭われたそうですね」

「ええ」

川原は警戒ぎみに答えた。

「おかあさんはひとりで旅をしていたということですが、ほんとうは男性といっしょだったんじゃないでしょうか」

「……………」

「その男性を、あなたは日下部新太郎氏だと思ったのではありませんか」

京介はずばりきいた。

「母の事故は三十年前のことです。そんな昔のことは気にかけていませんから。それより、先生。どうして、そんなことを調べているのですか」

川原がきつい表情でさき返した。

「あなたが、なぜ、控訴をしないのか。その理由を知りたいからです。あなたが天命と口にしたのはなぜか」

「先生。やめてください」

川原の語気が強くなった。

「私の母親のことまで調べるなんて行き過ぎです。すぐ、やめていただけませんか」

はじめて見せる川原の怒気を含んだ顔に、京介は一瞬たじろいだ。

「川原さん。控訴期限まで日がありません。あなたが、控訴する気になってくれさえすれば……」

「先生。私の人生は私のものです。どういう選択をしようが、他人には関係ないと思いますが」

「確かに、そうかもしれません。ですが、あなたの選択は間違っている。何度でも言いますが、無実の罪で死刑になる。それは神聖な裁判を汚すことになります。法律家として、私はそんなことをさせたくないのです」

京介は諭すように言った。

「その神聖な裁判で、私の死刑が決まったんです。それに文句をつけることこそ、裁判を汚す行為なのではありませんか」

「裁判にも間違いがある。だから、三審制なのです」

「先生。一審は裁判員裁判じゃないですか。裁判員が下した判決がなによりも優先されなければ、裁判員制度の意味がないではありませんか。裁判員裁判で決まったことに不服を申し立てることこそ、裁判に対する冒瀆ではありませんか」

「川原さん」

なにがあっても控訴はしないという強い意志を見せた川原に、京介は言葉を失った。

なぜ、川原は強引な言い方になったのか。母親の事故死の話を持ち出してから、川原は豹変したようになったのだ。

「先生。申し訳ありません。どうぞ、私のことは、もう放っておいてください」

川原は立ち上がり、後方のドアに向かい、

「終わりました」

と、勝手に看守に告げた。

京介はまたも呆然と川原を見送るしかなかった。

きょうも、小菅の東京拘置所から虚しく引き上げることになった。

京介は綾瀬駅から千代田線で霞が関に行き、地裁に入った。

きょうは立ち退き裁判の口頭弁論期日の日であり、原告、被告双方が互いにその言い分を準備書面に書いて法廷で陳述し合うのである。

これは十分たらずで終わり、京介はすぐに虎ノ門の事務所に戻った。

月曜日の仕事の予定を調整した。控訴申立期間の最終日である。この日は川原に付きっ切りにならなければならないのだ。

事務所を出たのは午後零時過ぎだった。それから羽田に行き、羽田十三時四十分発の飛行機で小倉に向かった。

2

空港に着いたのは定刻の十五時十五分で、空港からエアポートバスに乗り、小倉に向かった。

海の上の連絡橋を渡ると、トヨタの鉄工団地があり、左手に工場や倉庫などが点々と並んでいる。

道路は車の通行も少なく、バスは快適に走っている。車窓から外を眺めながらも、湧き上がる旅情はすぐに消え、これから会う約束をとりつけた川原の高校時代の友人田代仁史《ひとし》に会って、何か手応えが得られるか、そのことが不安になってきた。

田代仁史は川原の窃盗裁判で情状証人として出廷した人物である。が、いまさら何かわかるだろうか。

冷静に考えれば、わずか一日足らずの調査で何が得られるか疑問だ。田代仁史がどの程度、川原のことを知っているのか。

ただ、微かな望みは、五年前は誰もあの窃盗事件が殺人事件のためのアリバイ工作だったとは考えなかったことだ。

問題は、田代仁史にどの程度のことまで打ち明けるかだ。

あの窃盗事件が別の殺人事件のためのアリバイ工作の可能性があると知ったら、田代も何か思いつくことがあるかもしれない。だが、そこまで話していいものか。

やがて、車窓の風景はビルが目につくようになって来た。町中に入ったことを意識しながら、京介はさらに考えた。

刑務所に服役している間、川原には友人の面会があっただろう。その中に、Xもいたのではないか。

気がつくと、バスは小倉バスセンターに到着していた。

小倉には一週間前に来たばかりだったが、妙になつかしく思えた。都市モノレールで一駅目の平和通駅で下り、森鷗外旧居を目指した。

小倉産業の不動産部所属の田代仁史は、鍛冶町にある営業店に勤務している。その営業店はすぐわかった。

約束の五時にはまだ早いので、京介は少し先にある森鷗外の旧居を訪ねた。

鷗外は陸軍第十二師団の軍医部長として小倉で三年間を過ごしたが、前半の一年半をここで過ごしたという。

生垣に囲まれた庭がある、瓦屋根の木造の平屋で、明治時代の匂いの漂っている町家だ。鷗外はここで、軍務のかたわら、『即興詩人』の翻訳をし、新聞への寄稿文などを書いていたのだ。そして、清張の『或る「小倉日記」伝』にあるように、鷗外は日記をつけていたのである。

五時近くなって、京介は旧居から田代仁史のいる営業店に顔を出した。不動産の業務をやっている会社だ。

賃貸物件のチラシが表に貼り出されている。ドアを開けて入っていくと、カウンターに三人が並んで座っていた。

京介が名乗って、田代の名を告げると、奥の机から立ち上がった中肉中背の眼鏡をかけた男がいた。その男が近づいて来て、

「田代です」

と、名乗った。

営業の人間らしく、白いワイシャツにブルーのネクタイ。清潔感が漂う雰囲気だった。

「弁護士の鶴見です」

「さあ、どうぞ、こちらに」

田代は応接セットに招じた。

差し向かいになって、改めて突然の訪問を詫びてから、

「私は川原光輝さんの弁護人になっております。ご存じかと思いますが、川原さんは、ある殺人事件の犯人にされ、裁判の結果、死刑判決が下されました」

田代は厳しい顔で頷いた。

「しかし、川原さんは無実なのです。当然、控訴するつもりでいましたが、川原さんは控訴する意志はないというのです。つまり、死刑判決を甘んじて受けるというのです」

田代が息を呑んだ。

「なぜ、控訴しないのか。川原さんは何か隠していることがあるようです。そのことが、

控訴しないという気持ちにさせたのではないかと思うのです。私は、その隠していることを探り出し、川原さんに翻意を促したいと思っているのです」

京介は自分の思いを伝えた。

「わかりました。で、私にききたいことというのは？」

田代は眼鏡の奥の丸い目を向けた。

「五年前、川原さんは寿山町にある中嶋社長宅から博多人形と三十万を盗みましたね」

「ええ、あのとき、私は彼の裁判で情状証人として出廷しました」

「そうですってね。大塚弁護士からお聞きしました」

京介は改めて田代の顔を見つめ、

「あなたは、川原さんがそんな事件を起こしたと知って、どう思われました？」

「どうって、そりゃびっくりしましたよ。信じられませんでした」

田代は顔を歪めた。

「事件の前に、そのような兆候はなかったのですね」

「はい。ただ、彼は、うちの社長の家に母によく似た博多人形があると言っていました。だから、あとで、盗んだのが博多人形だと知って、そんなに母親に似ていたのかと驚いた記憶があります」

「母親に似ているからといって、どうして盗んだんでしょうね。それを、またすぐに人形供養に出しています」

「不幸な死に方をした母親を供養してやりたいという気持ちだったんだと思いますけど」

「………」

それに対しての感想は言わず、京介はいよいよ本題に入った。

「私は、あの窃盗事件に何か秘密があるような気がしているのです」

「秘密?」

「はい。その秘密が、今回の控訴しないという気持ちに結びついているのではないかと思われてならないのです」

京介は身を乗り出した。

「私はあの事件に共犯者がいるのではないかと思っているのです」

「共犯者?」

田代は怪訝な顔をした。

これが、ここに来るまでに考え抜いた話の持って行き方だった。

日下部殺しには触れず、共犯者のことを話に出すには、窃盗事件が単独犯ではないとしたほうがいいと思ったのだ。

「根拠と言われても困るのですが、どうもその共犯者のことを川原さんは意識しているのではないかと思われるのです。いかがでしょうか。川原さんといっしょに犯行に及ぶ人間がいたとして、そういう人間に心当たりはありませんか」

「共犯者ですか」

田代は戸惑い気味に呟いた。

「あなた以外で、とくに仲のよかった人間を知りませんか」

「いえ、彼には特に親しくしている人間はいなかったと思います」

「川原さんが、ちょっと変わった人間とつきあっていたという形跡はありませんか」

京介は縋るような気持ちできいた。

「ときたま、中学、高校時代の仲間と集まりますが、その中には川原といっしょになって、盗みを働こうなんて人間はいません」

「川原さんは中嶋電機産業という会社で働いていましたね。そこの同僚に、そういう人間はいないでしょうか」

「いないと思いますよ。彼の裁判のとき、何人かの同僚に会いましたが、なかなか折り目正しいひとたちでした。こっちでは、中嶋電機産業といえば一流企業ですからね。その人間がそんな真似をするとは思えません」

田代の言っていることは正しいと思う。川原が共犯者を選ぶとしたら、それ以外の交友関係からではないか。

するとﾠ田代からは何も聞き出せないということになる。

「川原さんが、やくざなひとたちと交友があったと考えられますか」

「彼が、ですか。そんなことはありえません。しいて言えば」

田代は小首を傾げ、少し考えていた。

「なんですか」

「いえ」

田代は当惑げに、

「彼のおじいさんは昔は荒くれ者で、力が強く喧嘩っ早かったと聞いています。土地のやくざも一目置いていた存在だと。でも、だからといって、その関係で、その方面のひととつながりがあったということはないはずです」

「でも、可能性はあると？」

「いえ、一度も、そういうつながりに気づいたことはありません。おじいさんの葬儀にも、そのような筋のひとは参列しませんでしたから」

田代ははっきり言った。

京介はため息をついた。

ここで、追及は頓挫するのだろうか。いや、まだ、音を上げるのは早い。共犯者Xは田代の目からすっかり姿を隠している。だが、必ず、姿を見つけてやる。京介は下腹に力を込めた。

「川原さんがつきあっていた新堀桐子さんは、川原さんと別れて数カ月後にご結婚されたそうですね」

清張の『霧の旗』のヒロインと同じ名なので、覚えている。

「そうです。行きつけのスナックで知り合った男性と結婚しました。ご主人は車の販売店に勤めていましたが、その後、独立してカーアクセサリーの店をやりはじめたのです」

「川原さんが、桐子さんと別れたのは、窃盗事件を起こす五カ月ほど前ですね」

「そうなりますね」

「なぜ、別れたのか、事情を知っていますか」

「わかりません。お互いに好き合っていたはずなんです。川原から別れ話を切り出され、桐子さんは自棄《やけ》になって結婚しちゃったんだと思います」

「川原さんは、桐子さんのご主人を知っていたんでしょうか」

「ええ、川原も私もそのスナックには行きましたから、たまに顔を合わせました」

「カーアクセサリーのお店はどこにあるのですか」

「堺町です」

「なんというお店ですか」

「『霧笛《むてき》』という名でした。霧で視界不良のときに鳴らす霧笛です。カーアクセサリーの店らしくない名前なので記憶しています」

「堺町のどの辺りでしょうか」

京介は地図を引っ張りだした。

「堺町公園の通りの反対側です。確か、岩田ビルの一階です」

「ああ、この辺りですね」

京介は地図の堺町公園を指さして言った。

藁にも縋りたい思いで、桐子という女性に会ってみようと思いついたのだ。

田代と別れ、京介は堺町公園に向かって歩きだした。

六時近くになり、盛り場にひとが増えていた。

地図を頼りにだが、道はわかりやすく、やがて公園が見えて来た。岩田ビルを探すと、すぐに見つかった。

だが、幾つか出ている商店の看板に、『霧笛』という名はなかった。ビルは岩田ビルに間違いない。

田代が勘違いし、ビルの名を間違えたのか。隣のビルや周辺のビルも確かめたが、目指す店名はない。

まさか、店名を変えたわけでもあるまい。

京介は携帯を取り出し、さっき別れたばかりの田代に電話を入れた。

「さきほどはありがとうございました。じつは、いま堺町公園に来ているのですが、岩田ビルは確かにありましたが、そこに『霧笛』がないんです。輸入物の雑貨店はありますけど」

「そんなはずはありませんよ。今年のはじめにその前を通りましたから、あるはずです」

「店名を変えたということは？」

「ないと思います。わかりました。ちょっと、そこまで行きます」

田代はあわてて電話を切った。

十分足らずで、田代がやって来た。京介は公園から出た。

「すみません。お忙しいのにわざわざ御足労願って」

京介は申し訳なさそうに言った。

「いいえ、私も気になりましたので」

そう言いながら、田代は岩田ビルの前に立った。

「変わっています。『霧笛』じゃなくなっています」

田代が雑貨店に目をやって不思議そうに言った。

田代はその雑貨店に入っていった。外国産の酒や菓子、Tシャツなどが雑然と並んでいる。

主人らしい小肥りの女性が出て来た。

「すみません。ちょっとお訊ねしますが」

田代がきいた。

「ここは、『霧笛』というカーアクセサリーの店ではなかったでしたっけ」

「ええ、『霧笛』だったと聞いています」

女主人が答える。

「いつなんですか、『霧笛』がなくなったのは？」

「うちがここでやりはじめたのは四月からです。内装工事もしていますから、二月いっぱいで店を閉めたんじゃないですか」

女主人は京介のほうにも目をやって言った。

「『霧笛』の主人夫婦がどこに行ったか、わかりませんか」

「知りません」

それ以上きいても無駄のようだった。

「失礼しました」

田代が言い、京介も頭を下げて、外に出た。

「まったく知りませんでした」

田代は表情を曇らせたまま、

「今夜はこちらにお泊まりでいらっしゃいますか」

と、きいた。

「ええ、古船場のビジネスホテルに泊まるつもりです」

「そうですか。あのビルの管理人に会って、『霧笛』のことをきいて来ます。明日にでも、連絡します」

不動産部の人間なので、田代はその伝《つて》があるのだろう。

「よろしいのですか」

余分な仕事を増やしてしまったようで、京介は心苦しかった。

「私も気になりますから。奥さんはいちおう同級生ですし」

田代は心配して言った。

携帯の番号を確認して、京介は田代と別れた。

大塚弁護士は今夜は弁護士仲間との会合があるということだった。京介は、前回に泊まった古船場のホテルにチェックインした。

シャワーを浴びてから、外に食事に出かけた。

古い造りの小料理屋の前を通りかかる。店の前に出ている献立表に関門海峡でとれたタコや刺し身とある。思わず喉が鳴ったがあいにく、京介は下戸なのでこういう店には入りづらかった。

結局、京介はラーメンを食べて、早々とホテルに帰った。

五階の部屋のドアを開けたとき、携帯が鳴った。ドアを閉めてから、京介は携帯に出た。

「鶴見先生ですか。田代です」

「さきほどはどうも」

何かわかったのかと、京介は耳に神経を集めた。

「管理人は行き先を知りませんでした。なんでも、前々から、家賃が滞りがちだったということです。商売はうまく行っていなかったようです」

「最近、若者も車に乗らなくなったと聞きましたが」

「そうかもしれませんね。結構、しゃれたルームミラーやコインホルダーとか置いてあったんですが……。まさか、店仕舞いをしていたとは知りませんでした」

「桐子さんのご主人というのはどういうひとなんですか」

「木南浩二郎《きなみこうじろう》というひとですが、色白で目つきの鋭い顔だちで、腰は低いのですが、少し見栄っ張りなところが見受けられました」

木南浩二郎……。京介は頭の中で、その名を反芻した。

「木南さんと桐子さんの行方を探せないものでしょうか」

「彼女と親しかった同級生にきいてみます。わからなければ、彼女の実家に電話をしてみます。ご連絡は明日になるかもしれませんが」

「わかりました。お願いいたします」

携帯を閉じたあとで、京介は木南浩二郎のことを考えた。

川原の恋人だった桐子の結婚相手だ。店が立ち行かなくなって、今年の二月ごろ、店仕舞いをしている。

木南のことが頭の中で大きく膨らんできた。飛躍し過ぎかもしれない。川原の共犯者を探し出したいという願望が、木南に注意を向けさせているのだ。

木南が共犯者だという証拠はない。だが、調べてみる価値はありそうに思えた。可能性があるものはなんでも調べるべきだと、京介は自分に言い聞かせた。

九時からのＮＨＫニュースが終わると、ベッドに入った。

持って来た文庫本を開いた。清張の『共犯者』という短編集である。何度か読んでいるが、今回、再び読み返したくなった。

川原の共犯者のことで、何かヒントが摑めるかもしれないという思いもあった。

犯行後、共犯者の様子が気になってならない主人公の心情がよくわかる。短編なので、読み終えるまで時間はたいしてかからない。読んだことがあるのに、また夢中で読み進めた。

覚えた。

読み終わったあと、何かが頭の中に残っていた。その正体がわからないもどかしさを

翌二日の朝、レストランでモーニングセットを食べ終わり、部屋に戻った。帰り支度をしていると、携帯が鳴った。

「田代です。わかりました。木南夫婦はいま東京にいるそうです」

「東京?」

「はい。同級生で、元橋千賀子《もとはしちかこ》という女性がいます。彼女が桐子さんと仲がよかったというので、彼女に電話をしました。ふたりの居場所を知っているようです。もし、よろしかったら、これから会いに行きますか」

「いいんですか」

「ええ、鶴見先生のことは話しておきました」

「じゃあ、お願いします」

「では、もう一度、彼女に確かめてから電話をします」

田代はいったん電話を切った。

五分後に、もう一度田代から電話があった。

「駅と隣接しているホテルのラウンジで、十時に待ち合わせました」

「では、十時までに行きます」

何かがわかるかもしれない。京介は胸の高鳴りを覚えた。

元橋千賀子は、駅ビルのアミュプラザ小倉という商業施設の中のブティックに勤めているという。

京介は携帯を胸のポケットに仕舞うと、すぐ荷物を持って部屋を出た。

ホテルをチェックアウトしてから、京介は歩いて小倉駅に向かった。ほんとうは、都市モノレール線の旦過駅の向う側にある旦過市場を、もう一度歩いてみたかったが、元橋千賀子に会うことがまず優先だった。

小倉駅の構内を突っ切り、北口にあるホテルにやって来た。九時四十五分だった。まだ来ていないだろうと思ったが、ラウンジの奥に、田代の姿が見えた。

京介はまっすぐに田代のところに向かった。

気づいて、田代が顔を上げた。

京介が近寄ると、田代は立ち上がって迎えてくれた。

「このたびは助かりました」

京介は礼を述べた。

「いえ、鶴見先生は川原のために動いてくれているんですから、それに手を貸すのは当然ですよ」

田代は真顔で言った。

腰を下ろすと、ウエートレスが注文をとりに来た。朝食のときにコーヒーを二杯飲んだので、レモンティーにした。

「元橋千賀子さんも高校時代の同級生です。桐子さんや川原も同じクラスでした」

千賀子がやって来る前に、田代は予備知識を与えてくれた。

やがて、さっそうとした髪の短い女性がやって来た。脚が長く、スタイルがよい。ブティックで働いているだけあって、洋服のセンスがいい。

田代が立ち上がって、ふたりを引き合わせた。みな、京介とも同年代だったので、同級生と会っているような感覚になった。

彼女が頼んだコーヒーが届いてから、それまでの自己紹介的な話を切り上げ、鶴見は改めて口を開いた。

「川原さんの控訴申立期間はあと二日で終わります。川原さんが控訴をしないという理由に、五年前の窃盗事件が絡んでいるように思われてならないのです。あの窃盗事件に共犯者がいたのではないかと思うのです」

だいたいのことは田代から聞いているというので、いきなり本題に入った。

「共犯者ですか」

彼女は当惑ぎみにきき返す。

「はい。それで、田代さんにもお願いして共犯者になり得る人間がいないか、探しているのです」

「まさか、桐子が？」

千賀子は眉をひそめた。

「決して疑っているわけではありませんが、時間がないのです。それで、失礼とは思いながら、可能性があるものはなんでも調べておきたいのです。そこで、木南浩二郎さんのことについて教えていただきたいのです」

彼女は田代に目を向けた。田代が頷いたのを見て、顔を戻した。

「お聞きかと思いますが、川原さんと桐子はつきあっていました。結婚を意識していたようですが、川原さんから別れを切り出され、結局別れたのです。それから、彼女は行きつけのスナックで知り合った木南さんとつきあい出し、プロポーズされてすぐに結婚をしてしまったのです。その後、木南さんは堺町公園前でカーアクセサリーのショップをやりはじめたのです」

「お店をはじめたのは五年前なのですね」

京介は確かめる。

「そうです。確か一月ごろだったと思います」

「当時、開店資金は十分に足りていたのでしょうか。何か、聞いていますか」

「桐子は少し足りないと言ってました。なんでも、居抜《いぬ》きの店の売り主が最初よりも吹っ掛けてきたと怒っていましたから。でも結局、なんとか用立てたみたいです」

つまり、売り主が吹っ掛けてきたぶんだけ、資金面で苦労したのだろう。どうやって工面したのか。

「お店は順調ではなかったのですか」

「ええ、最初はよかったみたいですけど、だんだんだめになっていったようです。カー用品ではなく、違う商品を扱うことも考えていたみたいです」

京介は間を置いて訊ねた。

「その年の一月二十九日、木南さんはお店にいたかどうかわかりますか」

「五年前の一月二十九日のことなんて、覚えていません」

「窃盗事件のあった日です」

「窃盗事件？」

そう呟いてしばらく考えていたが、やがて彼女はあっと声を上げた。

「待ってください」

千賀子は頭の中を整理していたようで、しばらくしてから、笑みを湛えた顔を上げた。

「思い出しました。木南さんは共犯者じゃありません」

彼女はきっぱりと言った。あまりに自信に満ちた言い方だったので、京介は木南の線は消えたと思った。それでも、確認だけはしておかねばならない。

「何か、はっきりした証拠があるんですか」

「ええ、一月二十九日に木南さんは東京に出かけていたんです」

「東京へ？」

京介は、爪先から頭のてっぺんに電流が走ったような衝撃を受け、

「どういうことですか」

とあわててきいたが、舌がもつれた。

「いま、あなたとお話ししていて、思い出しました。木南さんは、東京の知り合いのところにお金の工面の相談に行ったんです」

彼女は口許に笑みをうかべて静かに言った。

「それが一月二十九日だと、どうしてはっきり言えるのですか」

「その夜、川原さんの事件があったからです」

「ほんとうに、木南さんは東京に行ったのですか」

京介は確かめる。

「行きました。次の日、私は福岡空港まで車で迎えに行ったんです。予定どおりの便で帰って来ました。東京のお土産をもらいました」

「空港まで迎えに？」

「ええ。桐子に頼まれて」

「あなたは、木南さんが飛行機から下りてくるのを見ましたか」

「それは無理ですよ。出口で待っていたんです」

「すぐ会えたのですか」

「いえ、ひとが多くて、なかなか会えなかったんです。そしたら、後ろから声をかけられたんです」

「それが、木南さんだったのですか」

「そうです。木南さんが笑いながら、金策はうまくいきそうだと桐子に話していたのが、とても印象的でした」

「東京の金策の相手とは、どういう関係のひとだったんでしょうか」

「そこまでは聞いていませんでした」

羽田から帰って来たのは川原だ。川原は変装して、千賀子や桐子の目をかすめてロビーに出て、どこかで木南と落ち合った。そこで、洋服を着替え、木南が盗んだ博多人形と東京土産を交換して、地下鉄乗り場に向かった。木南は東京土産を持って千賀子と桐子の前に現れた。

千賀子はふたりを乗せ、車で小倉に向かった。一方、川原は博多駅から新幹線に乗り換えて小倉に行ったのだ。

もはや、川原の共犯が木南であることは間違いないように思われた。

「川原さんと木南さんは、つきあいがあったんでしょうか」

京介は肝心な点を確かめた。

「いえ、なかったはずです。木南さんにしてみれば、妻の元の恋人ですからね。それに、木南さんは、桐子が川原さんのことを忘れていないことに気づいていたみたいです。ときたま桐子に嫉妬めいたことを言っていたようですから」

川原と木南が結びつく可能性がないと、彼女は言った。

しかし、どんな事情からか、ふたりが手を組んだということだって考えられる。

「いま、木南さんと桐子さんはどこに住んでいるのか、教えていただけますか」

「文京区千駄木《せんだぎ》です。ハガキには鷗外記念館の近くだと書いてありました」

「鷗外記念館の近くですか」

意識して鷗外縁《ゆかり》の地を選んだのか、それとも偶然か。

ふたりの住所を控えた。

「川原さんのことですが、実のお父さんの話をきいたことはありませんか」

これは、田代にもきいたことだった。

「いえ、彼は父親のことを一度も口にしたことはありません。彼は自分の父親のことは一切知らなかったんだと思います」

「川原さんは、高校卒業後、蓬莱山株式会社の就職試験を受けたそうですね」

「そうです。筆記試験は通ったけど、最後の面接で落されたと落胆していました。祖父とふたりきりの生活が問題だったのかと、かなり気にしていました」

田代が答えた。

「窃盗事件を起こす前に、川原さんは東京に行き、蓬莱山の社長に電話をしているのです。このことを、どう思いますか」

「そうなんですか」

彼女は不思議そうにきいた。

「ええ、就職の件で」

「それは知りませんでした」

田代も意外そうに言ってから、

「蓬莱山は小倉から発展していったのですから、彼なりの愛着があったのかもしれません。最初に就職しようとしたところですし……。でも、改めて就職したいと思ったなんて信じられません」

「一度、不採用になったのに十年後にまた入りたいと思うほど、魅力的な会社なのでしょうか。あなた方の同級生に、蓬莱山に入ったひとはいるのですか」

「さあ、どうかな」

田代は千賀子の顔を見た。

「ひとりいたわ」

千賀子が思い出して言った。

「いたっけ」

田代が小首を傾げる。

「ほら、他のクラスだけど、日沖《ひおき》くんって子がいたでしょう」

「あっ、日沖か。そうだった。でも、彼は四、五年で辞めてしまったんだ」

田代も思い出して言う。

「ええ。辞めたって聞いたわ」

千賀子も相槌を打つ。

「辞めたというのは？」

京介は興味を持った。

「給料は安いし、社員を大事にしないからだと言っていたわ」

千賀子が細い眉を寄せた。

「そうそう、俺もそんなことを聞いたことがある。いくら社長が小倉の出身でも、特別に目をかけられるわけではないからと」

田代が思い出したように言う。

「日沖さんのことは、川原さんも知っていたのですか」

京介は確かめた。

「どうだったかな。あっ、そうだ。知っていましたよ。確か、私といっしょのときに、日沖に会ってそんな話を聞いたんです」

田代が答えた。

「それなのに、蓬萊山に入りたかったんでしょうか」

そう口にはしたが、川原はやはり就職の件で日下部に会おうとしたのではなかったのだと思った。個人的な理由だったのだ。京介は確信した。

「あっ、すみません。そろそろ、行かないと」

千賀子が腕時計を見て言った。

「あっ、すみません。気づきませんで。いえ、ここは結構です」

代金を払おうとする千賀子に、京介は言った。

「では、ごちそうになります」

スタイルのよい千賀子は、さっそうと引き上げていった。

京介と田代も立ち上がった。

「いろいろ、お世話になりました」

ラウンジを出てから、京介は田代に礼を言った。

「川原のこと、よろしくお願いいたします」

そう言って、田代も引き上げて行った。

ロビーにひとり残った京介は隅に行き、大塚弁護士の事務所に電話を入れた。

「まあ、鶴見先生」

いつもの明るい事務員の声が聞こえた。その若々しい声から大塚の渋い声に替わった。

「いま、どこなんだね」

「小倉駅です。これから、空港に向かおうと思っています」

「少し寄らないですか。ちょうど時間があるので」

「そうですね」

今回わかったことを、大塚弁護士に話しておく義務もあるかもしれないと思った。

「わかりました。では、三十分ほどお邪魔させていただきます」

あまり長居出来ないという意味で三十分とわざわざ言った。

「待っています」

京介はタクシーに乗った。

平和通りをまっすぐ行き、都市モノレールの平和通駅を過ぎてから小文字通りの交差点を右折した。

紫川を渡って北九州市役所が見えて来た。右手に清張記念館があるのに気づいて、今回も諦めざるを得ないと残念に思った。

目的地に着き、京介はビル三階にある大塚弁護士の事務所のドアをノックして開けた。受付があって、五十年配の女性が座っていた。

「いらっしゃい。鶴見先生ですね」

その女性がにこやかに微笑んだ。

「はい」

「どうぞ。こちらに」

京介は思わず辺りを見回した。他に、ひとはいないようだった。

大塚弁護士の執務室に入った。

「先生、受付の女性は他にもいらっしゃるのですか」

京介は声をひそめるようにしてきいた。

「いや、いまいる女性だけだが」

思わず、えっと言いそうになった。

ノックの音がしてドアが開き、受付の女性がコーヒーを運んで来た。

「鶴見先生。いつもお声だけでしたけど、きょうやっとお目にかかれましたね」

女性が笑いながら言った。

「はい。よろしくお願いします」

京介は立ち上がって挨拶をした。

声は電話で聞いたのとまったく同じだった。

女性が去ったあと、大塚弁護士はにやにやして、当惑している京介を見ていた。

3

七月三日。控訴中立期間は明日で終わる。

いざ死刑が確定するかと思うと、さすがに冷静さを失いそうになるが、自分にはこの道しかなかった。

改めて死というものを考えた。生が断たれることがどういうことか。いまは、死に対する恐怖はない。それは、自分が死の報いを受けるのは当然だと思っているからだ。

だが、いざ刑の執行が近づけば死の恐怖と絶望の淵に立たされ、我を忘れるかもしれない。そのときになって、生きたいという本能的な欲望が蘇ってくるかもしれない。

そのことが怖かった。だが、もう引き返すことは出来ないのだ。

光輝には高校時代の同級生だった桐子という恋人がいた。結婚を意識していたが、ついに光輝は踏み切れなかった。

桐子は祖父とうまくやっていく自信はないと言った。彼女の親より上の年代の人間は祖父の伝説的な無法ぶりを面白がっていても、どこか軽蔑していたのだ。桐子も、祖父のことでは誤った認識を持っている。

だが、彼女が祖父との同居を拒んだことだけが原因ではない。光輝の父親に対する恨みの感情が家庭を持つことを臆病にさせていたのだ。

曾祖父虎蔵も家庭的には決して幸せだったとはいえない。祖父もひとりぽっちでおとなになり、やがて所帯を持ってしばらくは幸せな暮しを続けたものの、娘とのいさかいがはじまった。

結婚しても幸福な家庭は築けないかもしれない。そんな臆病な思いが、桐子との結婚に踏み切れなかった原因でもある。

光輝がはじめて自分の父親のことを祖父に訊いたのは、光輝の二十歳の誕生日のときのことだった。

祖父は光輝の湯呑みに酒を注ぎ、

「こうやっち光輝っち呑むんの夢やった」

と、しみじみと言った。

そのとき、祖父は七十七歳になっていた。若い頃に比べ、体は一回り小さく、声も小さくなっていた。

光輝が二十歳になるのを待っていたのだ。無法松を気取るほどの荒くれ者だった祖父だが、光輝には二十歳になるまで酒を呑ませようとしなかった。

高校生のときから親といっしょに酒を呑んでいる者もいたが、光輝は祖父に呑むなと諌められていた。光輝には自分とは違う、まっとうな人生を送ってほしいと思っていたからだろうか。

母の初枝が十代のうちに銀座のホステスになったということが、祖父には気がかりだったのかもしれない。早くから酒を覚えると、光輝が酒に溺れるようになると心配したのではないか。

いや、光輝から父親の話が持ち出されるのを恐れていたのかもしれない。酒を呑み、酔った拍子に光輝の口から何が飛び出してくるか、そのことを恐れていたのではないかと思っている。

そうだとしたら、祖父の考えは当たっていたといえる。光輝は酒が入って酔うにつれ、抑えつけていたものを噴き出すように口にしたのだ。

「じいちゃん、俺の父親って誰なの？」

祖父は、聞こえたのか、聞こえなかったのか、酒の入った湯呑みを持ったまま固まったように身動《みじろ》ぎしなかった。

皺だらけで無精髭も白く、でかい鼻の穴から飛び出ている鼻毛も白い。祖父の悲しげな表情に、光輝は胸を打たれるものがあった。

無法松を気取っていたときの荒々しさはまったくない。坊ん坊んと光輝を呼び、いじめっこの家に乗り込んで、相手の親を懲らしめた迫力も、やくざと渡り合って、相手を恐れさせた勢いも、いまは遠い昔のことだった。

祖父の、その表情を見たとき、ひとり娘であった母の死が祖父にとってどんなに悲しいものだったかを知ったのだった。

もういいよ、じいちゃん。光輝は、心の中で訴えた。祖父が、光輝の父親のことを知っているのかどうかわからない。だが、そんなことはどうでもよいと思った。祖父に悲しいことを思い出させる必要はないのだ。

返事を聞く必要はないという意志表示のために、光輝は座を立とうとした。

すると、祖父が口だけ開いた。

「初枝な、高校生になっちからしゅっかり変わったとよ。華やかな世界に憧れるちゅういなりよった。無法松だっち言われてよか気になっちいるわしば軽蔑しゅることなりよった。父親は教養のある男でなくてはいかんっちゃん。母親ばってん、女学校は出ていなければいかん。何度か家出ばしたばい。あの頃、初枝ん通っちいる高校ん文化祭に、東京で暮らしとる先輩がやって来た。そいが……」

「じいちゃん。もういい。それ以上、言わないでいい。もう、俺は父親のことなど聞きたくない」

「光輝」

　祖父が顔を上げた。

「初枝はおまえを産んで、やっと俺たちん娘になりよったんだ。母親ん位牌ん前で泣き崩れた初枝ば見て、はじめて俺たちんこつば受け入れてくれたっち思ったとよ。そん初枝の死ぬなんて……」

　涙など流したことがなかった祖父が嗚咽《おえつ》を漏らした。ずっと堪えていたものがいっきに爆発したかのようだった。

　しかし、光輝は知っていた。ときたま、祖父が母の位牌の前で泣いていたことを。あれは小学校の頃だ。

　夜中に目を覚ましたことがあった。隣に寝ているはずの祖父がいないので、光輝は起き上がって探した。すると、押し殺した奇妙な声が聞こえ、びっくりした。そっと、その声のほうに行くと、仏壇の前で、祖父が母の位牌を持って泣いていた。そんな姿を、何度か見たことがある。

　母が甲府でバス事故に遭い死んだとき、いっしょに旅行した相手が日下部新太郎だということを、祖父は長い間、言わなかった。

　よけいなことを、光輝の耳に入れまいとしたのだろう。あるいは、祖父はすべてを言うべきか、悩んでいたのかもしれない。

高校を卒業し、ほとんどの者が進学する中、光輝は地元の企業に職を求めた。自分を育ててくれた祖父をひとりぽっちに出来ないと思った。

蓬萊山株式会社の就職試験を受けたのは、小倉で働けると思ったからだ。だが、最終の面接で落ちた。

家庭環境のせいだろうと思っていた。そうじゃないと祖父がはじめて口にしたのは、光輝が二十六歳のときだった。

「家庭環境ちっても、俺とのふたり暮しば嫌われたんじゃなか。光輝の母親が川原初枝やけんだ」

最初、祖父の言葉の意味がわからなかった。

光輝は祖父に隠れて母のことを調べた。母は小倉でも有名な進学校の出身であった。母と同級生だった女性と会うことが出来たのは、調べ出してから半年後のことだった。諸角加奈《もろずみかな》という女性は四十六歳。母が生きていたら、この年代になっていたのだと感概深いものがあった。

「初枝さんは東京に行ってしまったでしょう。だから、卒業してから会っていないんですよ」

彼女は光輝の問いかけに答えた。

「あの頃、母がどんな男とつきあっていたかわかりませんか」

「そうね。初枝さんは派手な美人だったから男のひとにはよくもてたものね。でも、相手にしなかったわ。よっぽどの男でないと、初枝さんは見向きもしなかった」

「よっぽどの男?」

「そうよ。はっきり言えば、お金持ちね。だから、初枝さんがつきあう男と言えば、社長の息子とか、ともかくお金持ちの家の男の子ばかり」

「そうですか」

「あら、ごめんなさい」

光輝が表情を曇らせたので、言いすぎたと思ったのだろうか。

「いえ、正直に話していただいたほうが助かりますので」

「そう」

彼女はふと思い出したように、

「そうそう、高校二年の文化祭のときだったかしら、いま蓬萊山株式会社の社長になっている日下部新太郎ってひとが学校に来たんです」

「蓬萊山の社長?」

「ええ。学校の先輩なんですよ。それから、初枝さんは日下部さんのことをよく口にするようになったわ」

「そうなんですか」

「初枝さんが東京に出たのも、日下部さんが呼んだんじゃないかしら」

そのあとで、彼女は何かに気づいたように、光輝の顔をまじまじと見つめた。

「そういえば、あなたは日下部さんに似ているわ」

その言葉は、光輝の耳に雷鳴のように響いた。

日下部新太郎という名は、このとき光輝の胸に深く刻まれた。

ひとの生命は地球より重いという。ならば、かけがえのないひとの命を奪った者は死をもって償うのは当たり前だろう。そのことから逃れられない。いま、自分に科せられた運命は、当然なのだ。

「じいちゃん。俺、もうすぐそっちに行くから。そっちに行ったら、報告したいことがあるんだ」

小窓から見える大空に向かって、光輝は呟いていた。

4

同じ七月三日の昼間だった。京介は千駄木にやって来た。朝から強い陽差しで、じっとしていても汗が滲んでくる。

マンションの庭に、向日葵《ひまわり》が力強く咲いているのを見て、京介の挫《くじ》けそうになる気持ちが奮い立った。

昨夜、小倉から帰り、羽田から直接ここにやって来たが、桐子は留守だった。

隣室の住人から、いつも夕方に出かけ、夜遅く帰って来ると聞いた。夜、勤めに出ているらしい。

それで、昼頃なら起きているだろうと思って、改めてやって来たのだ。

桐子の部屋の前に立ち、インターホンを押す。

しばらくして、はい、という返事が聞こえた。

「突然、お邪魔して申し訳ございません。私は川原光輝さんの弁護人をしている鶴見と申します。桐子さんでしょうか」

京介は静かに訊ねた。

「はい」

緊張した声が返って来た。

「川原さんのことで、少しお話をお伺いしたいのですが、よろしいでしょうか」

もう一度、川原の名を出したことが相手の警戒心を緩めたのか、桐子はドアを開けた。

長い髪を後ろで束ねた小柄な女性が立っていた。細面の整った顔だちだが、暗い感じだった。誰かに似ていると思った。が、思い浮かばなかった。

「お邪魔します」

玄関に入り、京介は三和土《たたき》に立った。

「私は川原光輝さんの弁護人をしている鶴見と申します」

名刺を出し、改めてあいさつをした。

桐子は名刺を持ったまま、不安げな表情をした。

桐子というのは『霧の旗』のヒロインと同じ名である。小説のヒロイン柳田桐子もこのような感じだろうかと、よけいなことを考えた。

京介はすぐに気を引き締めてきいた。

「川原さんが、ある殺人事件の容疑者になっているのをご存じでいらっしゃいますか」

「はい」

「彼は無実なのです。でも、一審で死刑判決が下されました。ところが、彼は控訴しないというのです。明日で、控訴申立期限が切れます。そうしたら、死刑が確定します。彼は、無実の罪にも拘わらず死刑を甘んじて受けようとしているのです」

桐子は顔色を変え、

「どうして、川原さんはそんなことを?」

と、真剣な眼差しできいた。

「わかりません。そのことを知るために、あなたからもお話をお伺いしたいと思ったのです」

「わかりました。どうぞ、お上がりください」

彼女は場所を開けた。

「よろしいのですか。では、失礼します」

1DKの部屋だった。四畳半ぐらいのダイニングに四人掛け用のテーブルと椅子がふたつ。建物は古く、壁に染みが浮きでていた。

京介が椅子に座ると、彼女は扇風機を向けてくれた。開け放たれた窓からは風は入って来ない。

彼女は冷たい麦茶を出してくれた。

「申し訳ございません」

グラスをつかみ、京介はひと口すすってから切り出した。

「あなたのことは、小倉の田代仁史さんと元橋千賀子さんからお聞きしました。五年前、川原さんが、窃盗事件を起こしたのを覚えていらっしゃいますか」

「はい」

京介は桐子の顔色を窺う。夫の木南浩二郎が共犯者とは思っていないだろう。

「川原さんが盗みに入った日、ご主人の木南さんは東京に出かけられたそうですね」

「はい」

「東京のどちらに行かれたのでしょうか」

「どこだか聞いていません。ただ、金策に行ったと……」

桐子は不安げに答える。

「金策はうまくいったのですか」

「はい」

「次の日の朝、八時過ぎに福岡空港に着く便で帰って来たのを迎えにいったそうですね。元橋さんといっしょに」

「そうでした」

それがどうかしたのかというように、彼女は怪訝な顔を向けた。

「元橋さんを誘ったのはどうしてですか」

「彼女、車を持っているので、お願いしたのです」

「それはあなたのお考えだったのですか」

「いえ。木南が元橋さんに迎えをお願い出来ないだろうかと言うので、私が彼女に頼んだのです」

「木南さんは羽田を一番の飛行機に乗っていますが、そんなに早く帰って来る用事でもあったのですか」

「いいえ、とくには。ただ、用事が済んだら、早く小倉に戻りたいと言ってました」

「出かけたのは何時ですか」

「前の日の午後六時ごろの飛行機です」

その飛行機に、実際に乗ったのは川原だ。すると、八時ごろ、福聚寺の山門前にいたのは木南ということになる。

川原の振りをして、山門前にいたのだろう。

これまでのやりとりからは、桐子は川原と木南の計画は知らないように思える。

「失礼ですが、堺町公園前の『霧笛』というお店を二月に閉店したそうですね」

「ええ」

彼女は俯いた。

「商売のほうは思わしくなかったのですか」

「はい。もともと、あんな場所で、カーアクセサリーの店を出すのが間違っていたんです。車好きの木南の趣味の延長でしかなかったんです」

彼女は自嘲気味に笑った。

「今年の二月十八日の夜、木南さんは小倉にいましたか」

「二月十八日の夜ですか。さあ」

二月十八日は、品川区南大井五丁目のエルマンション前で西名はるかと田丸祐介が刺殺された日だ。

「今年の二月、木南さんが資金繰りのために東京に行ったということはありませんか」

京介は考えついたことをきいた。

「行きました。そうでした。二月十八日かもしれません、東京に行ったのは」

京介は手応えを感じた。

「結果はいかがでしたか」

「次の日、帰って来たときは厳しい顔つきでしたが、必ずうまくいくと言っていました」

彼女は不安そうに答えた。

西名はるかが殺された時刻、川原は木南の訪問を受けていたのではないかというのが、京介の考えだった。

事件当夜、三十七、八歳と思える男が川原の部屋から出て来たのを、同じ階に住む住人が目撃していた。その後、そのような男のことは問題にもならなかったが、その住人の話は正しかったのではないか。

木南は、資金繰りのために川原に会いに行ったのだ。そこで、木南は川原を脅迫したのではないか。金を出さないと、五年前の事件をばらすと。

店を手放さなくてはならないところまで追い詰められた木南には、失うものはない。それに、五年前、木南はアリバイ工作の片棒を担いだだけだが、川原は殺人を犯している。もし、五年前の事件の真相が明るみに出れば、川原は破滅だ。川原のほうが追い詰められている。だから、木南には絶対の自信があったのではないか。

ただ、問題は川原が金を持っていたとは思えないことだ。五年前に共犯を依頼すると
き、川原は祖父が残した金をすべて木南に渡した可能性がある。だとしたら、川原に金
があったとは思えない。

ともかく、これは想像でしかないので、木南に直接問いただすしかない。

「木南さんはお出かけですか」

木南がいる気配がないので、京介はきいた。

「いえ。木南はここにはいません」

「と、おっしゃいますと？」

すぐに返事がなかった。

やっと、彼女の口が開いた。

「たぶん、女のところだと思います」

「女？」

「ええ。木南は金を持っている女のひとをつかまえたみたいで、最近はその女のところ
に行くことが多くなりました」

店を閉めたあと、ふたりで東京に出た。そして、このマンションの部屋を借りて、木
南は上野池之端仲町にあるパチンコ店で、桐子は根津にある割烹料理屋の仲居として働

くようになった。

ところが、二カ月も経たないうちに、木南は店に来ていた女の客といい仲になり、その女の部屋に転がり込んだ。

「離婚話も出ています。私は木南に未練はありませんが、故郷の両親を心配させるのがいやで、じっと我慢をしているところです。でも、もうはっきりさせようと思っています」

「なぜですか」

「………」

「木南さんの勤めているパチンコ店はどこですか」

「もうやめたみたいです」

「やめた？」

「ひとに使われるのが性に合わないんでしょう」

「女の住まいはわかりますか」

「いえ」

なんということだと、京介は唇を噛みしめた。

品川区南大井五丁目のエルマンション前で西名はるかと田丸祐介が刺殺された二月十八日午後十一時ごろ、木南は大森本町二丁目にある川原のマンションを訪れていた可能性が出てきた。

だとしたら、木南は川原のアリバイを証明出来る唯一の人物ということになる。木南に会って、そのことを確かめたかったが、木南の行方を探すのに、また時間がかかる。また、木南に会っても正直に話してくれるとは思えない。いや、話してくれないだろう。その気があれば、川原のために、とうに証人になってくれているはずだ。へたに証人として出て来たら、五年前の事件を蒸し返される可能性があるのだ。

「木南に何か？」

何かを察したように、桐子は怯えた声できいた。

ふたりは離婚しようとしているのだ。ほんとうのことを語っても、桐子を傷つけることにはならないと考えた。

「失礼ですが、あなたは川原さんと結婚するつもりだったのですか」

京介は川原とのことに話を戻した。

「ええ、小倉のひとには珍しく優しく繊細なところに惹かれていました。でも、じつは、私はあのひとのおじいさんが苦手でした。だから、いっしょに住みたくなかったんです。川原さんはおじいさんとは別れられないと言うので、ずるずると来てしまったんです」

いずれ祖父は死ぬ。それまで待とうというのが、暗黙の了解だったのかもしれない。

「でも、おじいさんが亡くなったあと、彼から結婚は出来ないと言われました」

「なぜだと思いましたか」

「わかりません。私は彼以上のひとが現れるとは思えず、彼を忘れたくて木南といっしょになりました」

桐子は哀しげに眉を寄せた。

おそらく、その時点で、川原は日下部に対する復讐を考えていたのではないか。

「あなたは、川原さんのおとうさんのことを聞いたことはありますか」

「いえ。彼は一度も口にしたことはありません」

「川原さんから、蓬萊山株式会社の日下部社長の話を聞いたことはありますか」

少し考えてから、

「いえ、ありません。ただ」

と、彼女は続けた。

「皆で居酒屋の『蓬萊山亭』に行ったときのことです。誰かが、ここの社長は小倉の出身だと言ったら、ひとでなしだと吐き捨てるように、彼が言いました」

「ひとでなし？」

「ええ。そのときは、川原さんは蓬萊山の入社試験に落されたことを、まだ根に持っているのかとも思ったのですが……」

「五年前に、その日下部社長が殺されたことをご存じですね」

「はい」

「いつ殺されたのか、知っていますか」

「いつ？」

意味がわからないのか、彼女はきき返した。

「平成十八年の一月二十九日、そう、川原さんが窃盗事件を起こした夜、同じ時刻に日下部社長は東京で殺されました」

「………」

「同じ日に、木南さんが東京へ出かけていますね」

彼女は、はっとしたような表情をした。

「木南さんはほんとうに東京に行ったのでしょうか」

表情の動きひとつでも見逃すまいと、京介は桐子の顔を見つめた。

彼女は目をそらすように俯いた。が、すぐに顔を上げた。

「木南には東京に知り合いなんていなかったんです」

彼女が言い出した。

「店を閉めて東京に出て来たのは、当てがあってのことではないんです。不義理を重ねて小倉にいられなくなったんです」

「五年前、資金繰りのために知り合いに会いにいったということでしたが？」

「いまから思うと、違うような気がします」

彼女は首を横に振った。

「つまり、東京で資金を作って来たわけではないのですね」

「そうだったようです」

「おそらく、その資金は川原さんから出ていると思います」

「えっ？」

「犯罪に手を貸してもらった謝礼です」

桐子は目をいっぱいに見開いていた。

そのとき、携帯が鳴った。

「失礼します」

洲本からだったので、桐子に断り、京介は電話に出た。

「いま、新宿に着いたところです」

「いまですか。ごくろうさまです」

甲府に二泊したようだ。

「詳しいことは、また改めてご報告しますが、三十年前、初枝の連れのことを調べていた元新聞記者に会うことが出来ました。ふたりは前夜、石和温泉の老舗旅館に宿泊していたそうです。そのことを初枝の父親に手紙でしらせてやったそうです」

「そうでしたか」

「それから、その当時の日下部新太郎ですが、東丸興産という大企業の社長の娘と婚約中でした。蓬萊山株式会社が高級割烹の『蓬萊家』やクラブ『ホウライ』を出すにあたり、東丸興産の援助があったようです。初枝の連れは日下部と判断していいようです。そのような時期ですから、初枝と旅行したことがばれたらたいへんなことになるので、日下部は重傷の初枝を見捨てて逃げたのでしょう」

「わかりました。ごくろうさまでした」

携帯を閉じて、顔を向けると、桐子が恐ろしい表情になっていた。

「いつか、木南が言ったことがあります。俺は川原の首根っこを捕まえているんだと」

「首根っこ？」

「はい。商売がうまくいかなくなってから、木南は酔うと、おまえはほんとうは川原のことが忘れられないのだと、ねちねち文句を言うことが多くなりました。そのとき、俺は川原の首根っこを捕まえているんだ。俺がひと言口にすれば、奴の一生は終わりだと。どういう意味だときいても、そのことは答えようとはしません。ただ、川原は俺には逆らえないのだと言ってました。いまから思うと、今年の二月十八日に東京に行ったのは、川原さんに会いに行ったのかもしれません。木南には、川原さんしか東京に知っている人間はいないはずですから」

「よく話してくださいました」

「お願いです。川原さんを助けてあげてください」

桐子は真剣な眼差しで訴えた。

そのとき、桐子が誰に似ているのか気がついた。室岡ともみだ。そうか、川原はともみに桐子の面影を見ていたのだ。

5

七月三日が終わろうとしている。いよいよ、明日で控訴申立期間が終わるのだ。ほんとうに、それでいいのかという心の声が聞こえた。

堅い意志で決めたのだ。いまさら、迷ってどうする。光輝は弱気の虫を諫めた。だが、自分の思いとは別に、なぜか胸が張り裂けそうな悲しみに襲われた。自分でも、予想外の変化だった。

その悲しみから逃れるように、あのことに思いを馳せた。

日下部が自分の父親であり、そして母を見殺しにした男だと知っても、光輝に特別な感情は起きなかった。

だが、祖父の心を知って、光輝は気持ちが変わったのだ。

祖父が亡くなる前年のことだ。会社から帰ると、光輝が帰ったことに気づかず、祖父は仏壇の前に座っていた。

祖父は母の位牌を手にし、何かぶつぶつ言い出した。

「おまえや光輝ばぼろ屑んごと捨て、おまえを見殺しにしたばい日下部を殺してやりたいが、奴は光輝ん父親やけん。俺の死んだあと、奴に光輝んこつば頼まなければならん。やけん、俺は怒りばぐっと抑えて来たんだ。初枝、おまえの敵ば討ってやれんで勘弁しとってくれ」

そして、祖父は嗚咽を漏らした。

昔から祖父は、光輝の寝静まった夜中に、仏壇の前で泣いていた。それは、豪放磊落《ごうほうらいらく》な祖父とは別人だった。

祖父にとって母は生きがいだったのだ。貧しい暮しの中で、唯一の希望だったのかもしれない。

祖父はいつも首からお守り袋を提げていた。死んだとき、祖父はそのお守り袋を手に握っていた。

そのお守り袋の中には、紙切れが入っていた。母が小学生の頃に描いたと思える祖父の似顔絵に、おとうさん、いつまでも元気でね、と文章が添えてあった。

祖父は、はじめて娘からもらった手紙を大切に肌身離さず持っていたのだ。そのとき、祖父が母に向ける愛情がどれほど深かったかを、光輝は知ったのだった。

そんな祖父が、母を不幸に追いやった男を許すはずがない。ただ、光輝がいたから、胸を引き裂かれるような恨みを堪えていただけなのだ。

母が東京に出たのは、日下部新太郎の誘いだったのだろう。デザイン専門学校を一年でやめ、銀座のクラブで働きだした。

台東区浅草橋にマンションを借り、そこでときたまやって来る日下部と会っていたのだ。

やがて、光輝が生まれたが、日下部ははじめから母と結婚する気などなかった。しかし、東丸興産の社長令嬢と結婚が決まっても、母と別れる気はなかった。母を日陰者としても平気だったのだ。歳をとれば、いつか捨てられる。そのことが目に見えていながら、母も日下部から離れられなかったのだろう。

甲府での交通事故で重傷を負った母を見捨てた日下部には、良心の呵責などなかった。

祖父が亡くなったあと、光輝は東京まで日下部に会いにいった。

平成十七年の十二月のことだった。電話で正面から面会を申し込んでもまったく相手にされなかった。それで、会社の前で待ち伏せ、日下部が出て来たところに飛び出したのだった。

「川原初枝の息子光輝です。話があります」

一瞬、ぽかんとしていた日下部は急に顔色を変えた。だが、すぐ冷たい目をくれただけで通り過ぎようとした。追いかけようとすると、秘書らしき男が光輝の前に立ちふさがった。

「甲府の事故で置き去りにされ、寂しく死んでいった初枝の子どもですよ」

その言葉に振り返った日下部は侮蔑の笑みを浮かべた。そして、そのまま立ち去ろうとした。

「じゃあ、改めて八王子のお宅にお邪魔します」

日下部の自宅に乗り込むと威《おど》した。

すると、日下部が近寄って来た。

「あとで連絡する。連絡先は？」

日下部に問われ、携帯の電話番号を教えた。

その日の夕方に電話があり、五反田リバーマンション五〇五号室、日下部の借りている部屋に呼ばれたのだ。

光輝はソファーに座って固くなっていた。日下部は冷たい感じの男だった。

「君が川原初枝さんの息子か。そういえば、どこか面影はある」

日下部は何の感情もない声で言った。私は、あなたに似ていると言われましたと、口に出かかったが、光輝は喉元で抑えた。

「で、私に何の用だね」

そこには、実の子かもしれないという情愛など微塵もなかった。

「あなたは母とつきあっていたのですね」

日下部はたばこに火をつけてから、

「やはり、君は誤解しているようだ。初枝さんとは銀座のクラブで会っただけで、それ以上のつきあいはない」

「甲府にいっしょに旅行したはずです」

光輝は迫った。

「誰かの間違いだろう」

日下部は突き放すように言う。

自分の父親かもしれないという感慨は起きなかった。赤の他人だと思った。

「重傷の母を見捨てて、あなたは逃げた。当時、東丸興産の社長令嬢と婚約中だったそうですね」

「ひと違いしてもらっては困る。私が君の母親のような貧乏な女と……。おっと、これは失礼」

光輝は握った拳を震わせた。

「母は私を身籠りましたが、父親の名は言いませんでした。あなたは、ご存じじゃありませんか」

「知らん」

日下部は憎々しげに言った。

「あなたと私のＤＮＡを調べてみたいのですが、お願い出来ますか」

「なに」

もとより、こんな男を父親だとは思いたくもなかった。ＤＮＡの件は口実だった。

「それがいやなら、百万円を出してください。それで、私は過去をすべて忘れることにします。二度と、あなたの前に顔を出しません」

百万という金額は安いと思ったが、額が大きいと、日下部が出し惜しみのために何か企むといけないと思ったのだ。百万なら、日下部にとっては小遣いのようなものだろう。

「やはり、金か」

日下部は侮蔑の笑みを浮かべた。

「たった百万で、若いときの罪を消せるなら安いものです」

「悪党め」

「あなたの血が流れていますからね」

光輝はやりきれない気持ちを隠して言った。こんな男が父親なのか。そう思うと、自分には生まれて来た価値がないような気がした。事実、この男からしたら、光輝の誕生など望みもせず、子だという意識はなかったのかもしれない。

「金の受け渡しは？」

長い沈黙の末、日下部は冷めた声できいた。

「では、来年の一月二十九日の夜十一時ごろ、ここに参ります」

「来年の一月二十九日？」

「そうです。私にはその日しか、東京に来れる時間がないのです」

「よし、わかった。だが、このことは誰にも言うな。いいな」

「わかっています。あなたも、誰にも言わないでください」

そう約束して、光輝はマンションを出た。

もし、日下部が親としての情愛の一片でも見せたら、光輝は計画を中止しただろう。しかし、日下部は、あくまでも親子の関係を否定した。

小倉に帰ってから、光輝は木南に会いにいった。木南は桐子の亭主になった男だ。結婚後も、行きつけのスナックでよく顔を合わせた。仲のよいふたりの様子に寂しさを感じながらも、桐子の幸せを心のなかで願っていた。

少しやくざがかった雰囲気があったが、木南は独立して、カーアクセサリーの店を開く準備をしていた。

木南が開店資金に困っていると知って、光輝はこっそり彼を呼んだ。

「木南さん。手を貸して欲しいことがあるんだ。謝礼に二百万出す」

「二百万？」

木南の目が輝いた。

光輝の貯金から百万、日下部からの百万と合わせて木南に渡す約束をした。

「何をやるんだ？」

「盗みだ」

最初に餌をぶらさげたので、木南はその気になった。

木南を日下部殺しのアリバイ工作に使おうとしたのだ。捜査の過程で、光輝の名が出ることを前提に考えた。光輝のことは、日下部の秘書の男が覚えているはずだからだ。

光輝を容疑者に挙げたら、警察は過去に遡って母との関係まで調べ上げる可能性があった。すると、そこに動機も見つかる。それをさせないためにも、完璧なアリバイが必要だった。

しかし、木南には殺人の幇助《ほうじょ》だとは言わなかった。万が一の場合には、少しでも木南の罪が軽くなるように考えた。

盗むのは、中嶋電機産業社長宅の応接間にある博多人形だけだ。一度、社長宅に招かれたときに記憶していた家の間取りを木南に詳しく教えた。

木南の名で、往復の航空券を購入し、木南には東京へ行く真似をしてもらった。その証人に、妻桐子と元橋千賀子を選んだ。

当日は計画どおり、光輝は夕方の五時ごろ、わざとひと目につくように中嶋社長の家の周囲を歩き回った。

それから、福岡空港に新幹線と地下鉄を乗り継いで向かった。

無事に羽田に着き、品川回りで五反田駅に着いた。日下部はマンションで待っていた。最初から殺すつもりだったので、早々に百万を要求して受け取ったあと、隙を窺って用意した長さ三十センチの木刀で後頭部を殴りつけた。

「じいちゃん、見てくれ。母さんの敵をとっているぞ」

そう呟きながら、何度も木刀を振りおろした。母と自分を捨て、祖父を苦しめた男に、父親だという感情など抱きはしなかった。

日下部がぐったりしたのを確かめて、光輝は部屋を出た。

渋谷に出て、カプセルホテルで休み、早朝、福岡空港行きの飛行機に乗り込んだ。

八時過ぎに福岡空港に着いた。出口で、桐子と元橋千賀子が待っていた。帽子を目深にかぶり、サングラスをして、コートの襟を立てて、足早に彼女たちの目を掠めて外に出た。

そして、打ち合わせどおり、木南とトイレで落ち合い、彼から盗んだ博多人形を受け取り、交換に東京で買った土産と二百万円を渡した。

お互いに約束した。これ以降、何が起ころうと、決して連絡をとりあったり、会ったりしない。完全に赤の他人だと。

それから、光輝は地下鉄で博多駅へ、そして新幹線で小倉。さらに、鹿児島本線で門司港へ。

和布刈神社に着いたのは九時過ぎだった。すぐに、巫女に顔をまともに晒して人形供養の手続きをとった。

これは、早く犯人を挙げてもらうためだった。日下部殺しの捜査がはじまり、光輝の名が出るまでに、窃盗容疑で捕まっている必要があったのだ。

凶器の木刀は和布刈神社の境内から海に放り投げた。「早鞆の瀬戸」と呼ばれる激しい潮流がどこかへ流してくれるだろうと思った。

すべて、順調にいった。ただし、木南が博多人形以外に三十万円を盗んだことを翌日の新聞で知った。それは計算外だった。

盗んだ金をなにに使ったかを問われた場合にそなえ、その夜、博多へ行き、散財した。もっともそれだけでなく、ひとを殺したという血の昂りを癒すためにも女の肌が欲しかったのかもしれない。一度も入ったことのない高級ソープランドに入ったのだ。

やがて、窃盗の容疑で、光輝の前に警察が現れた。内心では、小躍りしていた。

窃盗の罪で、半年ぐらい刑務所に入ることはなんでもなかった。いや、かえって、良心の呵責を和らげるためにはよかったといえる。

じいちゃん、やったぜ。光輝は天に向かって叫んだものだった。

出所してから、光輝は中嶋電機産業の社長の家を訪ねた。祖父の残してくれた貯金から三十万を引き出し、持参した。

光輝は中嶋社長や家族の前で三十万を返した上で、盗みに入ったことを改めて謝罪した。最初は冷たかった社長や家族も、気持ちが通じたのか、許してくれた。それどころか最後には、同情までしてくれたのだ。

アリバイ工作に利用したという負い目が、強く胸を圧迫していたが、心にトゲのように突き刺さっていた重く苦しいものがいくぶん和らいだ。

それから、光輝は東京に出た。働き口はなかなか見つからなかった。前科を隠して、派遣会社にやっと入り、派遣されたのが東丸電工だった。そこで、パソコンを使っての資料作りなどの作業に従事した。

そこの職場にいたのが西名はるかと室岡ともみだった。西名はるかは彫りの深い顔の美人で、豊かな胸元を露出させ、色気をむんむんさせていた。だが、光輝は室岡ともみに惹かれた。桐子に似ていたのだ。

桐子とは結婚を考えていた。だが、祖父の亡骸を前に、光輝は日下部への復讐を誓った。だから、桐子を巻き込まないために泣く泣く別れたのだ。

その後、日下部殺しの捜査が行き詰まっていることを知った。捜査本部も解散し、あとは専従捜査を続けているが、見通しは立っていないようだった。

五年経ち、もう捜査の手は伸びてこないと安心したが、光輝は自分を許すことはしなかった。

母を見捨て、祖父を苦しめ、光輝に一片の愛情も示さなかった日下部新太郎を殺したことに後悔はない。ただ、殺人を犯したという厳然たる事実は、消し去ることの出来るものではなかった。その代償は払わねばならないし、当然、その覚悟はしていた。

だから、西名はるかの誘惑にも耐え、室岡ともみへの感情も、封じ込めてきた。

幸せの道を歩んではならないのだと、自分に言い聞かせた。喜びを味わうことなく、楽しみを求めることなく、ただ生きる屍《しかばね》として、じっと人生の陰を歩んでいく。それが、自分に科した罪滅ぼしであった。

それならば、なぜ自首しないのか。残りの人生を刑務所で暮らしても同じではないか。そう思ってもみた。それをしなかった理由は、ただひとつ、母と日下部の関係を明るみに出したくなかった。それだけだった。その結果として起こった父親殺しを世間に知られたくなかったのだ。

祖父と母と、そして自分を不幸に突き落とした日下部という男を、光輝は父親として認めるわけにはいかなかった。

それが、完璧なアリバイ工作のもとに、日下部新太郎を殺した理由だ。だから、自首することなく、自粛自戒する暮しの中で自らを罰しようとしたのだ。

だが、天はそれだけでは罪を許そうとはしなかった。

今年の二月十八日の夜のことだった。会社から帰ってしばらくしてチャイムが鳴った。ドアを開けて、廊下に立っている男を見た瞬間、光輝は自分の中で何かが崩れ去る音を聞いた。

そこに木南の顔があったのだ。

「久しぶりだな」

木南は虚ろな笑みを浮かべた。

「もう会わない約束だった」

光輝は迷惑そうに言った。

「そんな冷たいことを言うな。いろんなところをきいてまわって、やっと君の居場所がわかって訪ねて来たんだ」

木南は部屋に勝手に上がり込んだ。そして、必要最小限の調度品しかない室内を無遠慮に見つめ、口許に微かに嘲笑を浮かべた。

「しけた暮しのようだな」

「何の用だ？」

「また、いっしょにやらないか」

木南が声を抑えて言った。

光輝にはなんのことかわからなかった。が、次の言葉ではっとした。

「商売がうまくいかないんだ。カーアクセサリーだけでなく、別の商品も扱おうと思う。それには元手がいるんだ」

光輝に金がないことはわかっているので、木南はもう一度、盗みをしないかと持ちかけたのだ。それだけ、木南も切羽詰まっていたのだ。

「いやとは言わせないぜ。いやだと言ったら、五年前のことを警察に訴える。おまえは、人殺しをしているんだ。俺はなんだかわからないまま、手伝わされただけだからな」

木南は威しにかかった。

「どうしても五百万いるんだ。ふたりでやれば、うまくいく」

光輝に、五体を引き裂くような痛みが襲った。木南の人相は悪くなっていた。光輝は胸が痛んだ。木南の手を犯罪に染めさせたのは自分なのだ。あのときのうまみを思い出し、もう一度手を組んで盗みをやろうと誘いに来たのだ。

木南をそこまで堕落させた罪は、光輝にあることは間違いなかった。

「だめだ。そんなことをしたら、あんたも破滅だ」

光輝は思い直させようとした。

「金は俺がなんとかする。だから、そんなばかな考えを持つことはやめてくれ」

闇金融から金を借りても、なんとか金を用意しようと思った。それが、犯罪に引きずり込んでしまった木南への罪滅ぼしだ。

「五百万なんて金が用意出来るのか。この暮しぶりをみたら、無理だ。闇金から借りるくらいなら、盗みをしたほうがまだましだ」

「だめだ。奥さんのことを考えろ」

思わず、光輝は桐子のことを口にした。

「あいつ、まだおまえのことを忘れられないみたいだ。俺たちの結婚は間違っていたかもしれない。なんなら、返してやってもいいぜ」

木南は引きつったような奇妙な笑みを浮かべた。

「また、出直す。そんとき、じっくり計画を練ろう」

木南は含み笑いを残して引き上げた。

だが、光輝を窮地に追い込み、さらなる罰を与えるきっかけとなったのは、木南ではなかった。

木南がマンションに来ている頃、ここからそう遠くない西名はるかの住むマンションの玄関前で、はるかと田丸祐介が殺されたのである。

その疑いが自分にかかったとき、光輝は懸命に否定した。しかし、やがて、天はこういう形で制裁を加えようとしているのだと、光輝は悟ったのだ。

事件のあった時刻、木南といっしょにいた。だが、アリバイを証明する人間がいることを口に出せなかった。言えば、ふたりの関係を調べられ、五年前の事件に矛先《ほこさき》が向かいかねない。

五年前、完璧なアリバイのもとに捜査の網から逃れたが、皮肉なことに、今度は完璧なアリバイがありながら、そのことを主張出来ないために逮捕されることになったのだ。裁判で、まさかの判決が下された。死刑である。これが天命でなくて、なにを天命というのか。光輝は覚悟を決めた。

日下部殺しを調べられたら、諸々の秘密が暴かれる。息子が母親の復讐のために実の父親を殺したというセンセーショナルな事件として、マスコミに取り上げられるかもしれない。

それだけは避けたかった。どうせ生きていても、安穏な暮しを求め得ないのだったら、素直に死刑を受け入れようと思った。

あの世にはじいちゃんがいるのだ。母さんだっている。曾祖父の虎蔵にも会えるかもしれない。

それに、自分が罪をかぶれば、古山達彦の奥さんと子どもたちに辛い思いをさせずに済む。夫や父親が殺人犯ということになったら、そのことで一生苦しむだろう。

そして、木南にしても、光輝がいなくなれば、ばかな考えを持つこともなくなるだろう。

自分が罪を引き受けることで、何人もの人間が救われるのだ。そう思ったとき、光輝にためらいはなかった。

6

七月四日。控訴申立期間の最終日だ。

京介は十時前に事務所に着いた。すでに来ていた事務の女性が、

「鶴見先生、お客さまがお待ちです」

相談室に目をやった。

依頼人との約束は入っていないはずだがと訝しく思って相談室に入っていくと、三十歳ぐらいの細身の女性が椅子から立ち上がった。

「あなたは……」

その日の午後、京介は拘置所の接見室で川原と向き合った。

「川原さん。木南浩二郎というひとをご存じですね」

「木南?」

川原が息を呑むのがわかった。

「今年の二月十八日、木南さんはあなたを訪ねていますね」

川原は呆然となった。

「木南さんの用はなんだったのですか」

「………」

「木南さんは五年前の一月二十九日、金策のために東京に出かけ、翌朝一番の飛行機で福岡空港に帰って来たそうです。木南さんの奥さんの桐子さんと元橋千賀子さんが出迎えたということです」

「先生、何のお話ですか」

川原の声は強張っている。

「五年前のあなたのアリバイが崩れたのですよ」

「なんのことですか」

「川原さん。木南さんのことがわかった以上、もうしらっぱくれてもだめです。日下部社長殺しです」

川原の目を剝いた顔が引きつっていた。何かしきりに言おうとしたが、ただ、口をぱくぱくさせていただけだった。

「あなたの母親の初枝さんが惨禍に見舞われた三十年前の交通事故を調べてみました。

やはり、連れがいたそうですね。蓬莱山株式会社の日下部新太郎氏です。日下部社長は初枝さんと親しくしていた。あなたは日下部社長と初枝さんの間に生まれた……」

「やめてください」

激しく、川原はかぶりを振った。

「あなたが、天命だと言ったのは、日下部社長の件があったからですね」

「やめてくれ」

またも、川原は絶叫した。

京介は川原が落ち着くのを待って、

「川原さん。日下部殺しを自首し、裁きを受けてください。今回は控訴するのです。このまま、他人の罪を引き受けて死刑になったとしたら、永遠に日下部社長殺しの真相は闇に葬《ほうむ》られてしまいます。あなたは、日下部社長殺しの犯人がこのまま捕まらないと思いますか。ひょっとしたら、誰かが代わりに捕まるかもしれない。そのとき、あなたがいなかったら、その人間は犯人にされてしまう可能性が高い。それでも、あなたはいいと思っているんですか」

うつむいた川原の肩が震えだした。

「真実を歪めたら、結局、どこかに皺寄せがいくことになります。あなたのために、不幸な人間が生まれてしまってもいいのですか」

京介は声を振り絞って訴えた。

「すでに、あなたは不幸な人間を作っている。桐子さんです」

「…………」

「桐子さんは、今度離婚するそうです」

「離婚？」

「木南さんは他に女を作って家を出ていったそうです。あなたは、日下部社長に復讐するために桐子さんと別れたのではないんですか」

京介は迫った。なんとしてでも、翻意をさせなければならないのだ。

「川原さん。あなたが他人の罪で死刑になることで、他の人間が同じような目に遭う可能性があるんです。どうか、わかってください」

「先生。私は……」

川原は取り乱していた。

「このままあの世に行ったって、あなたのおじいさんやおかあさんが喜ぶとは思えません。そうじゃありませんか」

京介は間を置いてから、

「なぜ自分の父親を殺したのか、あなたは法廷で語る義務があります。母の敵をとったあなたには、あなたなりの主張があるはずです。それを明らかにすべきです。そして、罪を償うべきです」

「私は……」

川原は唾を呑み込んでから続けた。

「母の敵をとったんじゃありません。祖父の恨みを晴らしたかったんです。祖父は娘を奪われ、あげくぼろ屑のように死んでいったんです。日下部をずっと恨んでいた。でも、私の父親だからというので、じっと耐えて来た。そんな祖父の恨みを、祖父に代わって晴らしてやったんです」

『或る「小倉日記」伝』の田上耕作は不自由な体でも、懸命に生きた。結果的に努力は報われなかったが、耕作だってきっと生きている喜びを味わっていたはずだ。不幸ばかりの人生じゃなかったんだと、父は言っていた。

「京介、わかるか。人間は生きていなくてはならないんだ。生きる希望を失った者に、生きる勇気を与えてやれる人間になれ」

耕作だってきっと生きている喜びを味わっていたはずだ。その言葉が蘇る。

京介ははっきりと言い切った。

「あなたは、間違っている」

「………」

「あなたのおじいさんは娘を奪われたかもしれないが、あなたという孫を授かっているんです。あなたのおじいさんは最後はあなたといっしょに暮らせて幸せな生涯だったんじゃないですか。決して、日下部社長を憎んでいただけではないと思いますよ」

「…………」

川原は目をいっぱいに見開き、

「じいちゃん」

と、呟いた。

「川原さん、今朝、古山達彦の奥さんが私の事務所にやって来ました。子どもたちとも相談し、古山達彦の遺書の内容を警察に知らせることにしたと言いました」

「遺書？」

「遺書には、古山達彦が裏切られた恨みから、西名はるかと田丸祐介のふたりを殺したということが記されていたそうです」

「それでは、みな殺人犯の家族になってしまうではありませんか」

「奥さんはこう言いました。川原さんが無実のまま死刑になったら、私たちは一生苦しみ続けることになるでしょう。殺人犯の妻、殺人犯の子どもと言われるほうがまだ救われます、と」

「…………」

「おそらく、子どもは周囲から白い目でみられるだろう。厳しい試練に遭うことも覚悟している。そのときは母親である自分がきっと守って行く。そう仰っていました。でも、私はお子さんたちが苦しんだら、こう話してやるつもりです。あなたたちのおかあさんは、自分たちに襲いかかる苦難を承知のうえで無実のひとの命を助けたのだと」

京介はさらに訴えた。

「川原さん。あなたがこのまま控訴をしないということは、多くのひとたちに苦しみを与えることになるんです。どうか、控訴を」

光輝はいまになって、大きな過ちを犯していたことに気づいた。祖父のことだ。鶴見弁護士が言うように、祖父は日下部を恨んでいたばかりではなかったのかもしれない。まして、光輝に恨みを晴らしてもらおうなどとは思っていなかったのではないか。

祖父は体を張って光輝を守り、育てて来た。どんな困難なことにも恐れずに突き進んで行く勇気を与えようとしていたのだ。教養のない祖父は自分の生き様を通して、光輝にまっすぐに生きる姿勢を教えて来たのだ。そんな光輝に、罪を犯させようと祖父が考えるはずはないのだ。

母を捨てた日下部だが、まがりなりにも光輝の父親である。日下部という男が存在したからこそ、光輝が生まれたのであり、祖父は光輝と生涯を共にすることが出来たのだ。恨みばかりでなく、感謝もしていたかもしれない。

光輝の過ちのもうひとつは、祖父が恨んでいたという思い込みのままに、日下部に会ったことだ。光輝はいまさらながら慚愧《ざんき》の念に堪えなかった。日下部は、母が愛した男だったことは間違いないのだ。

もし、実の父親にはじめて会えたという深い感動を持って接したら、日下部の態度も違っていたかもしれない。

もちろん、光輝が父親への親愛を込めて接したとして、果たして日下部の態度が違ったかどうかはわからない。だが、少なくとも、その可能性はあったのだ。

母を捨て、祖父を苦しめた男というだけで、光輝は日下部の家族のことを考えなかった。日下部にも妻があり、子どももいる。彼の長男は、光輝の腹違いの弟ということになる。その弟は蓬萊山株式会社の若き社長として、グループ企業の総帥という立場にいる。父親が殺されたとき、どんなに衝撃を受け、悲嘆の涙に暮れたかを考える余裕さえなかった。

いまになって、自分のやった行為の悲惨さに気づかされた。すべてを話し、罪を償う。そうしなければ、祖父にも合わせる顔がないと、光輝は思った。

川原は俯いて泣いていた。

長い時間、彼は泣いていた。

京介はじっと待った。

やがて、川原は顔を上げた。

「先生」

川原が呼びかけた。

「こんな私を最後までよく見守ってくださり、ありがとうございました」

「あなたを最後まで見守ろうとしているのは私だけじゃありません。桐子さんからの言伝てです。あなたが、日下部殺しの罪を無事に償って社会に出て来るまで待っているとのことです」

「彼女が……」

「あなたが、室岡ともみさんに惹かれた理由がわかりました。あなたは室岡さんに桐子さんの面影を見いだしていたんですね」

「ええ。私は桐子さんのことを本気で……」

本気で惚れていたと言いたかったのか、川原のあとの言葉は涙声になって聞こえなかった。

「川原さん。あなたはひとりだけで生きているんじゃありません。あなたの周囲には、たくさんのひとがいるんです」

京介は励ました。

「私が浅はかでした。控訴をします。そして、五年前の事件で改めて裁きを受けることにします」

川原光輝の控訴手続きが済んでひと月後のことだった。

事務所に、桐子が訪ねて来た。一瞬、誰かわからないほど変わって見えたのは、暗さが消えていたせいだ。眩しいほど、輝いていた。

「川原さんに会って来ました」

向かい合ってから、彼女は笑みを湛えて言った。

「先生に、くれぐれも御礼を言ってくれと頼まれました。ありがとうございました」

「いいえ。それより、これからはあなたが川原さんを支えてやってください」

「はい」

彼女は頷いてから、

「それから、木南とは正式に離婚しました」

「そうですか」

京介は先日、木南に会って来た。事の経緯を話し、五年前の事件で川原が自首したと告げると、彼は自嘲気味な笑みを浮かべただけだった。

「それから、川原さんの希望なのですが、五年前の事件の弁護も先生にお願いしたいと言っています。お願い出来るでしょうか」

桐子が川原に代わってきいた。

「もちろんです」

京介は即座に答えた。

桐子が引き上げたあと、外出先から柏田弁護士が帰って来た。まっすぐ京介の机にやって来たので、立ち上がろうとすると、

「そのままでいい」

と、柏田は京介を制した。

「きょう日弁連に行ったら君のことが噂になっていた」

「えっ、私のことが？」

「過去の事件まで解決させたすごい弁護士だそうだ。被告人のために、あれほど熱心になれる弁護士はそういないとね」

「困りましたね。いったい誰がそんなことを……」

京介ははにかんだ。

「福岡から日弁連にやって来た弁護士が話していたそうだ。なんでも福岡弁護士会では評判らしい」

「福岡？」

あっと京介は声を上げた。

大塚弁護士に違いない。大塚弁護士が吹聴しているのだ。

「困ります。過大評価されて、あとでメッキが剝げたら……」

「そんなことはないさ。ほんとうによくやったと思っている。私も鼻が高かった」

柏田が去ってから、京介は深くため息をついた。

そもそも、博多座に歌舞伎を観に行っただけなのだ。たまたま、背後にいた観客の会話から小倉のことを思い出し、後ろめたさを覚えて動き出したに過ぎない。

それがなければ、この件にこれほど首を突っ込むことはなかっただろう。それに、事件解決の糸口はほとんど清張作品からヒントをもらったような気がしている。

いや、これも松本清張が好きだった父のおかげかもしれない。父の影響で、清張を読みあさっていたことが生きたのだ。

そう考えれば、父が京介の背中を押してくれたともいえる。やっぱり父を、小倉に連れていってあげたかったと胸を熱くした。

今度こそ松本清張記念館に行こうと思った。そう思うと、心が動き、さっそくパソコンで博多座のホームページを開いた。

なにしろ、博多座では肝心の芝居を観られなかったのだ。そのことが悔しい。博多座で歌舞伎を観てから小倉に向かう。

京介は心を弾ませながら、公演スケジュールを見ていた。

解説

長谷部史親

裁判というものには、人間社会の多様なドラマが詰まっているといわれることが多い。本書『覚悟』は、そうした裁判をテーマとしたミステリー作品である。著者の小杉健治氏は、本書で活躍する鶴見京介弁護士を中心に、集英社文庫書き下ろしとして、すでに『黙秘』と『疑惑』の二長篇を世に問うてきた。ただしそれら二作品においては副題に「裁判員裁判」とあって、法廷にのぞむ弁護士の側からばかりでなく、裁判員の立場にも焦点が合わされているところに特色があったが、本書は必ずしもそうではない。

裁判員裁判の制度は、今から少し前の二〇〇九年に施行された。一般市民の中から選ばれた六名の裁判員が、公判の場面に臨席して弁論や証拠を検討し、専門の裁判官と合議しつつ判決まで導く制度である。英米圏で採用されている陪審制や、欧州大陸法系の諸国で行なわれる参審制などとの共通性はあるものの、厳密には日本独自の制度といっていい。なお蛇足ながら、はるか昔の昭和初期のわが国では、英米にならって陪審制が試験的に導入されたことがあるようだが、完全に定着することのないうちに廃止された。

陪審制度は、英米の小説や映画などを介して、わりあいなじみ深いものであろう。これによって、法廷での闘争の主眼は、一般市民たる陪審員をいかに納得させるかに置かれるようになったと考えられる。市民が良識をもって法の運用に携わるという面では、制度の目的に合致しているといえよう。だが裁判員制度も含めて、法律上の微妙な判断を、専門知識をもたない市井の人々の手にゆだねなければならないため、弊害が生じることもないとはいえない。小杉健治氏の既刊作品は、その問題にも一石を投じたものだった。

ひるがえって本書では、川原光輝という被告人が、一審で有罪判決を受けるところから始まる。福岡県小倉の祖父のもとで育った光輝は、高校を卒業した後に小倉で就職し、さらに東京に出て派遣社員として働いてきた。ところが職場の同僚の西名はるかと、不倫相手の上司の田丸祐介が殺害され、その容疑が光輝にふりかかってきたのである。光輝には身に覚えのないことで、直接的な物的証拠が提示されたわけではないが、いくつかの状況証拠が積み重なった末に、裁判員裁判によって有罪判決が下されてしまった。

いったいに法廷ミステリーでは、法廷を舞台に検察側と弁護側が丁々発止とやりとりして、それぞれの論理に抜け穴を見つけようとする緊迫感を主眼とするものが多い。ただ本書の場合は法廷ミステリーとはいっても、法廷闘争を繰り広げる場面よりもむしろ、肉親の絆《きずな》の深さをはじめ法廷の外へと広がる人間模様の妙味に力点が置かれているのが特色であろう。そしてまた厳正であるべき裁判とても誤りに陥ったり、裁判がつねに真実を暴き出すとはかぎらないといった深遠な暗示を読みとることも可能である。

本書の被害者の西名はるかは、魅力に富んだ女性であると同時に虚栄心が強く、上司の田丸祐介との不倫など男性をもてあそぶような傾向があったらしい。光輝と同じく福岡県の出身だったよしみで、彼女と行動をともにすることがあったものの、他の女性に心をひかれていた光輝は、はるかとは親しく交際するには及ばなかった。ところがはるかが、周囲の友人に対して、光輝につきまとわれて困っているなどと偽りを述べたことがあり、これが決定的となって光輝の嫉妬による犯行と判断されたのである。

日本の裁判では、もしも一審の判決に納得できなければ高裁に控訴し、さらには最高裁に上告できるという三審制が採用されているのは誰でも知っているだろう。厳正な裁判といえども、人間が人間を裁くからには間違いは避けられないので、こうした三審制によってより慎重な対処が期待されているのである。この三審制の過程で、判決が覆った事例も少なくない。ところが本書の川原光輝の場合、どうやら冤罪《えんざい》の疑いが濃厚なのに、一審の結果を「天命」だと甘んじて受けいれ、控訴するつもりはないと言い出した。

弁護士の鶴見京介にしてみれば、真犯人の見当もついていたのに敗訴した衝撃もさることながら、光輝のこの態度が理解できない。公正に運用されるべき法に対して、冒瀆《ぼうとく》にすら思えてならなかった。なにゆえに光輝は、控訴しないのであろうか。一審の判決は有罪で、量刑が最高刑の死刑であるからには、そこによほどの事情が介在しているにちがいない。これが本書『覚悟』の物語において、最も興味深い謎である。鶴見弁護士は、光輝に控訴を決断させるべく、彼の生い立ちに着目しつつ謎の解明に取り組んでいった。

札幌で生まれた鶴見弁護士は、大学四年生のときに司法試験に合格し、現在は柏田弁護士の事務所に在籍している。まだ三十代前半の若さで、しかも実年齢より若く見えたりするので、外見だけでは頼りなく思われることも少なくない。だが鶴見弁護士は、多忙な毎日を送りながら、少しでも依頼人のためになるように、ねばり強い奮闘を見せる。酒も呑まず、とくに贅沢な道楽もない鶴見弁護士は、歌舞伎を中心とする観劇をほとんど唯一の趣味としていた。観覧したい演目があれば、遠方まで足をのばすこともある。

光輝に控訴の決意をさせられないまま鶴見弁護士が、前々から観劇を予定してチケットを手配していた歌舞伎のために、はるばる福岡県の博多まで行ったときに、偶然にも解決への糸口が開けてきた。もともとは純粋に寸暇を楽しむつもりだったところ、たまたま劇場の客席からもれ聞こえてきた小倉の地名で光輝が想起され、こうしてはいられないとの焦燥感にかられて劇場を抜け出したのである。光輝には五年前に窃盗事件で逮捕され服役した過去があり、そのとき担当した大塚弁護士が小倉に事務所を構えていた。

当初の予定を大幅に変更した鶴見弁護士は、当時の詳細を大塚弁護士の口から聞き出すとともに、五年前の事件にもじっくりと探りを入れ始める。今回の事件の真相を見極める鍵が、もしかしたらそこに潜んでいるのではないかと思えたからにほかならない。調べてみると、光輝の起こした窃盗事件には不自然なことがいくつもあった。彼は当時の勤務先の社長宅に侵入して、博多人形と三十万円を盗んだようだが、そんな無理をしてまで手に入れたはずの博多人形を、すぐに人形供養に差し出してしまったという。

川原光輝の心を支配する秘密とは、いったい何なのであろうか。そこには早く死んだという母親への思慕の念があり、そして幼いころから彼を育ててくれた祖父への熱い思いもある。今は亡き祖父は頑健な肉体を誇り、いたって男気に富んだ人物として周囲から目されていた。そんな祖父への強い気持ちが軸となった本書は、三代にわたる血縁の絆の物語だともいえよう。無法松に憧れを抱き、自分も無法松の生まれ変わりのようなつもりでいた祖父は、祭りのときには飛び入り参加で得意げに太鼓を叩いたりもした。

無法松とは、岩下俊作が書いた『富島松五郎伝』の主人公である。これが『無法松の一生』のタイトルで何度も映画や芝居に仕立てられ、歌謡曲の題材にもなった。そして広く浸透した結果、もとの小説も『無法松の一生』と改めて出直ったりしている。どちらかといえば岩下俊作という作家は、現在ではさほど知名度が高いとはいえないけれど、作中人物の無法松のほうは、それこそフィクションの枠を超えて親しまれ、あたかも実在人物であるかのように、小倉周辺の人々の心に住みついているといってもさしつかえない。

そのほか本書には、明治時代の文豪森鷗外の名前も、小倉の地に縁のある文学者として言及されている。そして小倉に関係が深いといえば、何よりも松本清張を忘れることができない。父親の影響で清張作品を読みはじめ、小説の味わいかたを学んだ鶴見弁護士は、しばしば清張作品のことを思い起こし、当面の事件を考える上で役に立てている。福岡県の小倉の地に密着した本書『覚悟』は、鶴見弁護士を中心としたすぐれた法廷ミステリーであると同時に、松本清張作品へのオマージュに満ちているともいえようか。

鶴見弁護士が清張作品を参考に、いろいろと連想をふくらませたのと同じように、私たちも小説を味わっている最中にあれこれと興味をつのらせるものである。本書を読んだのをきっかけに、岩下俊作の小説を探し出して一読してみるのもいいし、森鷗外の文学世界に胸を躍らせるのも悪くあるまい。さらには松本清張の作品に新たにふれたり、あるいは観点を改めて再訪してみたりするのも一興であろう。ひとつの小説が、読書の幅も奥行きも大きく広げてくれると思えば、これはこれでありがたいことである。

先に述べた『黙秘』や『疑惑』とちがって、本書では裁判員裁判の態様に真っ向から取り組む代わりに、鶴見弁護士と被告人の川原光輝の双方を深くえぐることによって、壮大な人間ドラマを紡ぎ出しているところに注目したい。裁判においては法廷の中で証明されたことだけをもとに判断を下さなければならないものだが、ここでは法廷の外へ広がってゆく人間のありかたが深い感興を呼び起こすのである。

いうまでもなく著者の小杉健治氏は、本稿中でふれた作品のほかにも、きわめて多数のミステリー作品を手がけておられ、また法廷ミステリーに属するものでもそれぞれ特色があって一様ではない。さらに小杉健治氏には、ミステリーばかりでなく滋味豊かな時代小説の数々もあるので、本書をとおして小杉作品の魅力に目覚めた読者の方々には、この機会にぜひとも併せて手にとっていただきたいと思う。

この作品は、集英社文庫のために書き下ろされました。

集英社文庫

覚《かく》　悟《ご》

2012年4月25日　第1刷
2019年10月23日　第4刷

定価はカバーに表示してあります。

著　者　小杉健治《こすぎけんじ》
発行者　徳永　真
発行所　株式会社 集英社
東京都千代田区一ツ橋2-5-10　〒101-8050
電話　【編集部】03-3230-6095
【読者係】03-3230-6080
【販売部】03-3230-6393（書店専用）
印　刷　株式会社 廣済堂
製　本　株式会社 廣済堂

フォーマットデザイン　アリヤマデザインストア　　マークデザイン　居山浩二

ISBN978-4-08-746827-4 C0193